AF205917

Tucholsky Wagner Zola St. Fonatne Sydow Freud Schlegel
Turgenev Wallace
Twain Walther von der Vogelweide Fouqué Friedrich II. von Preußen
Weber Freiligrath Frey
Fechner Fichte Weiße Rose von Fallersleben Kant Ernst Frommel
Richthofen
Hölderlin
Engels Fielding Eichendorff Tacitus Dumas
Fehrs Faber Flaubert
Eliasberg Ebner Eschenbach
Feuerbach Maximilian I. von Habsburg Fock Eliot Zweig
Ewald Vergil
Goethe Elisabeth von Österreich London
Mendelssohn Balzac Shakespeare Dostojewski Ganghofer
Lichtenberg Rathenau Doyle Gjellerup
Trackl Stevenson Hambruch
Mommsen Tolstoi Lenz Hanrieder Droste-Hülshoff
Thoma
Dach Verne von Arnim Hägele Hauff Humboldt
Karrillon Reuter Rousseau Hagen Hauptmann Gautier
Garschin
Defoe Baudelaire
Damaschke Descartes Hebbel
Hegel Kussmaul Herder
Wolfram von Eschenbach Schopenhauer
Darwin Dickens Rilke George
Bronner Melville Grimm Jerome Bebel Proust
Campe Horváth Aristoteles
Bismarck Vigny Barlach Voltaire Federer Herodot
Gengenbach Heine
Storm Casanova Tersteegen Gilm Grillparzer Georgy
Chamberlain Lessing Langbein Gryphius
Brentano Lafontaine
Strachwitz Claudius Schiller Kralik Iffland Sokrates
Bellamy Schilling
Katharina II. von Rußland Gerstäcker Raabe Gibbon Tschechow
Löns Hesse Hoffmann Gogol Wilde Vulpius
Luther Heym Hofmannsthal Klee Hölty Morgenstern Gleim
Roth Heyse Klopstock Kleist Goedicke
Luxemburg Puschkin Homer Mörike
La Roche Horaz Musil
Machiavelli Kierkegaard Kraft Kraus
Navarra Aurel Musset Lamprecht Kind Kirchhoff Hugo Moltke
Nestroy Marie de France Ipsen Liebknecht
Laotse
Nietzsche Nansen Ringelnatz
Marx Lassalle Gorki Klett Leibniz
von Ossietzky May vom Stein Lawrence Irving
Petalozzi Knigge
Platon Pückler Michelangelo Kock Kafka
Sachs Poe Liebermann Korolenko
de Sade Praetorius Mistral Zetkin

Das Logierhaus "Zur schwankenden Weltkugel"

Novellen und Skizzen

Franziska zu Reventlow

Impressum

Autor: Franziska zu Reventlow
Umschlagkonzept: toepferschumann, Berlin

Verlag: tredition GmbH, Hamburg
ISBN: 978-3-8424-7058-3
Printed in Germany

Das Logierhaus zur schwankenden Weltkugel

Wir fanden ihn, nämlich Hieronymus Edelmann, auf einer spanischen Insel vor, wo er schon seit Jahren sein Wesen trieb. Wie er dahingekommen war? – Gott, wie man eben irgendwohin kommt, dachten wir anfangs. Und später wußten wir überhaupt nicht mehr, was von der Sache zu halten sei. Jedenfalls war er jetzt da, und keiner von uns war in der Lage gewesen, sich seiner Bekanntschaft zu entziehen.

Er pflegte, sobald ein Schiff ankam, an Bord zu erscheinen, nach Landsleuten oder anderen Fremden auszuspähen und ihnen dann ungesäumt seine Visitenkarte zu überreichen. Diese Visitenkarte bestand aus seiner Fotografie in Postkartenformat mit der schön stilisierten Unterschrift: Hieronymus Edelmann, und wirkte durch ihre von allem Hergebrachten abweichende Beschaffenheit etwas verwirrend, um so mehr, als die Fotografie ihm durchaus nicht ähnlich sah. Sie war auch nicht nach der Natur aufgenommen, sondern wie er sofort erläuterte, nach einem gemalten Porträt aus früheren Jahren, welches ihn mit mäßig entwickeltem Bart und in einem auffallend karierten Anzug darstellte, so auffallend kariert, daß der Beschauer alle weiteren Einzelheiten, wie zum Beispiel die Gesichtszüge, erst in zweiter Linie zu erfassen vermochte. Der Anzug war sicher schon längst aufgetragen oder ausrangiert, und sein Besitzer hatte sich inzwischen einen ungeheuren roten Bart wachsen lassen, der fächerförmig zugeschnitten war. Die einzige Ähnlichkeit bestand nunmehr in einem schwarzgefaßten Monokel, von dem er sich niemals trennte und das der Porträtist mit peinlicher Naturtreue versinnbildlicht hatte.

So kam es, daß der Ankommende ohne Ausnahme im ersten Moment etwas stutzig wurde und ratlos dastand. Hieronymus aber wußte sofort Rat, blickte ihn siegreich durch sein Monokel an und brachte die Bekanntschaft durch einige aufklärende Worte weiter ins Rollen.

Er bemerkte, daß er schon lange hier lebe und mit besonderem Vergnügen allen neuen Gästen behilflich sei, sich zu orientieren. –

Ob man schon ein Hotel gewählt habe? Nein? Nun, dann könne es das Logierhaus »Zur schwankenden Weltkugel« unbedingt empfehlen, wo er selbst wohne und man gut untergebracht sei.

Das Resultat war fast immer das gleiche – noch halb betäubt von der Seefahrt, überwältigt von der außerordentlichen Erscheinung und Handlungsweise dieses Herrn, büßte man jede weitere Selbstbestimmung ein und endete im Logierhaus »Zur schwankenden Weltkugel«.

Dort angelangt fuhr Hieronymus Edelmann in der gleichen überzeugenden Weise fort, sich zu betätigen, stellte neuangekommene und schon vorhandene Gäste einander vor, und zwar geschah das so, daß jeder den anderen für einen alten Bekannten des gemeinsamen Schutzpatrons hielt und der Verkehr von vornherein unter falschen Voraussetzungen begann.

Überhaupt entwickelte sich hier alles unter mehr oder minder falschen Voraussetzungen. Das Logierhaus selbst war ein ziemlich fragwürdiger Aufenthalt – eine zweistöckige alte Baracke mit giebelartigem Aufbau stand es am Abhang unweit des Meerufers und hatte infolge irgendwelcher Terraineigentümlichkeiten die Gewohnheit, von Jahr zu Jahr tiefer einzusinken, so daß die Fenster des Erdgeschosses sich immer mehr dem Boden näherten. Uns konnte das ja gleichgültig sein, denn wir gedachten nicht ewig hierzubleiben, aber der Besitzer, ein vierschrötiger Holländer mit schiefen blauen Augen, umkreiste das Gebäude des öfteren mit sorgenvoller Miene und konstatierte dann, seit letztem Frühjahr sei es wieder um einige Zoll gesunken.

Wir, die Opfer des Hieronymus, bewohnten im linken Flügel, den wir selbstbewußt das Europäerviertel nannten, das Parterre. Über uns hauste ein älterer Franzose, Monsieur Mouton, der das bescheidene Hafenstädtchen behandelte, als ob es Paris sei. So kam er nie vor drei Uhr nach Hause, schlief dann bis zum Nachmittag, worauf er in den Garten herunterkam und hinter seinem »Matin« verschwand, bis die Stunde des Aperitifs heranrückte. Dann ging er wieder in die Stadt, flanierte und trank Absinth. Außerdem besaß er einen lebenden Ameisenbär, der ihn auf Schritt und Tritt begleitete. In derselben Gegend des Hauses gab es noch eine betagte Amerikanerin, die, wie man allgemein annahm, ebenfalls alkoholischen

Sitten huldigte. Auch sie ging gerne abends aus; wie sie behauptete, um einen ihr verwandten Lord zu besuchen, der hier eine Villa bewohnte. Bei der Rückkehr kam es häufig vor, daß sie sich mitten auf der Treppe niederließ und erklärte, sie habe das Recht zu sitzen, wo sie wolle. Wurde das aus Gründen der Verkehrsstörung bestritten, so wich und wankte sie nicht, und es kam zu lebhaften Szenen zwischen ihr und dem Hauspersonal. Der linke Flügel oben war in geheimnisvolles Dunkel gehüllt, hatte einen abgetrennten Vorplatz, eine besondere Treppe nach der Gartenseite, und man wußte nicht recht, was dort vorging.

Und zuletzt, zuoberst, hoch über alledem in den Giebelräumen, lebte und wirkte Hieronymus Edelmann.

Er hatte alle möglichen Interessen, unter anderem auch zoologische und schwärmte für seltene oder absonderliche Tiere. Stundenlang konnte er sich in seinen Brehm vertiefen und sich in Wünschen ergehen, dieses oder jenes Ungeheuer zu besitzen und durch Züchtungsversuche noch seltsamere Exemplare zu erzielen. Einstweilen war ihm das noch nicht geglückt, er beschränkte sich also darauf, in einem Schuppen neben dem Gartenhaus Meerschweine zu halten und Mr. Mouton glühend um seinen Ameisenbären zu beneiden. Immerhin erwartete er auch von seinen Meerschweinchen mehr, als man im allgemeinen von solchen zu erwarten pflegt. Er stellte nämlich die Theorie auf, wenn man ihnen volle Freiheit ließe, würden sie sich vielleicht zu einer ganz neuen Art entwickeln und eventuell sogar mit anderen Tieren kreuzen. Sie rannten deshalb frei im Garten herum, man stolperte beständig über sie, aber sie veränderten sich nicht im mindesten, blieben immer unter sich und brachten nur wieder ganz gewöhnliche Meerschweinchen zur Welt.

Aus diesen und anderen Einzelheiten ersah man bald, daß ihm ein unruhiger und phantastischer Geist innewohnte und da, außer den Meerschweinchen, ihn schon manches andere enttäuscht haben mochte, sann er auf immer neue Wege, sich schöpferisch zu betätigen. So hatte er sich hier auf dieser Insel niedergelassen und das Logierhaus »Zur schwankenden Weltkugel« zu seinem engeren Wirkungskreise erwählt. Er war sozusagen die Seele des Hauses, organisierte durch ständiges persönliches Eingreifen den Fremdenverkehr und in gleicher Weise das tägliche Leben zwischen den sinkenden Mauern, organisierte die persönlichen Beziehungen, die infolge seiner Organisation entstanden, sowie die Beziehungen zwischen dem Wirt und den Gästen. Seine lange, etwas schlottrige und ziemlich nachlässig bekleidete Gestalt mit dem ungeheuren, fächerförmigen Bart und niemals ohne Monokel, fuhr je nachdem die Treppen hinauf oder herunter, erschien in unserer Mitte oder verschwand daraus und stürzte hastigen Schrittes nach dem Hafen, sobald ein Schiff sich näherte. Bei schlechtem Wetter umgürtete er sich zu diesem Zweck mit einem unwahrscheinlich kurzen Lodencape, das ihm nur bis an die Hüften reichte, und schlug sich ein winziges, mesquines Hütchen auf den Kopf – bei Sonnenschein dagegen einen Tropenhelm, wie überhaupt die Einzelheiten seiner Toilette eine gewisse wilde Dissonanz ergaben, deren er selbst sich wohl nicht bewußt war. Als nun unsere Zahl auf etwa sechs Personen verschiedenen Geschlechts angewachsen war und keine weiteren Fremden ankamen, veranstaltete Hieronymus Edelmann eine Art Sitzung, um uns in einen seiner Lieblingspläne einzuweihen. Da war eine barmherzige Schwester und ein junger Kaufmann, die beide aus Afrika kamen, um sich von dem dortigen Klima zu erholen, da war ein Assistenzarzt mit angegriffener Lunge, welcher ebenfalls Erholung suchte, ferner ein Herr aus Bacharach am Rhein, den der junge Kaufmann dieser Herkunft halber »den Loreley« getauft hatte, und eine kleine Turnlehrerin, die man das Trapezmädel nannte. Es war Abend, wir saßen im Garten um einen großen, runden Tisch mit Windlichtern, wehrten uns gegen die vielen Mücken, und Hieronymus Edelmanns Monokel blitzte überzeugend durch die Nacht, während er eine zündende, aber etwas konfuse Ansprache hielt. – Ja, er gedachte, wie das in unserem Jahrhundert üblich geworden, auch an seinem Teile zur Veredlung des Menschtums und der Lebensführung beizutragen und meinte einen guten Modus dafür gefunden zu haben. Es galt vor allem, die geeigneten Menschen zu finden und Beziehungen zwischen ihnen herzustellen. Hier habe er schon vorgearbeitet, indem er einem Korrespondenzverein beigetreten sei und uns alle ebenfalls als Mitglieder angemeldet habe. Die Zwecke des Vereins seien ursprünglich rein praktische gewesen – wechselseitige Auskünfte über die Lebensbedingungen an diesem oder jenem Ort, berufliche und andere Fragen. Dann aber hatte Hieronymus organisatorisch eingegriffen und das Gebiet erweitert, so daß jetzt auch Ansichten, Meinungen, persönliche, erotische und dergleichen mehr unter den Mitgliedern erörtert wurden. Er selbst zum Beispiel korrespondierte mit einer stellenlosen Gesellschaftsdame in Sevilla über freie Liebe und hatte sie bereits von der Notwendigkeit dieser Institution überzeugt ... Eben jetzt wolle er nach dem Festland fahren, sie persönlich kennenlernen und womöglich mit hierherbringen. Sein Monokel strahlte bei diesem Gedanken, und er ließ uns immer tiefere Einblicke in seine Ideenwelt tun. Der Verein, ja der Verein sei eigentlich nur Mittel zum Zweck. Er brauche ein großes Menschenmaterial, um eine engere Auslese zu treffen und dann – es fielen einige bedenkliche Worte: Freiheit, Schönheit, Ausleben, die in seinem Munde doppelt beängstigend wirkten – kurz, er wollte in diesem Sinne einen Bund gründen, derselbe sollte »Der Flammenbund« genannt werden und allen Beteiligten ungemeines Vergnügen bereiten. Nachdem er geendet, sah er sich Beifall und Zustimmung heischend im Kreise um, äußerte noch, er habe bereits mit dem Wirt gesprochen, um einen Teil des Hauses für seine Zwecke zu mieten, hieb sich dann den Tropenhelm aufs Haupt und enteilte zum Hafen, um seine Reise aufs Festland anzutreten. Es war soeben gemeldet worden, das Schiff fahre statt morgen schon heute nacht ab.

Die Statuten des Korrespondenzvereins hatte er uns zurückgelassen. Wir ersahen daraus, daß der Verein tatsächlich existierte. Da war vor allem eine Liste der Mitglieder, neben jedem Namen eine Reihe von kabbalistischen Zeichen – Strichen, Kreuzen, Sternen usw. Verstand man diese, so wußte man sofort, wofür das betreffende Mitglied sich interessierte, was es wünschte und erstrebte. Auf einem Fragebogen, der jedem Neueintretenden zur Ausfüllung zuging, wurde das näher erläutert. Da wurde zum Beispiel gefragt, mit wem man zu korrespondieren wünsche – Mit Herren? Mit Damen? – Oder mit beiden? Und worüber? Wofür man sich in erster oder auch in zweiter Linie interessiere? Etwa für Philosophie? – Ethik? – Nacktkultur? – Los von Rombewegung? Friedensbestrebungen? Reform der Ehe – Wandervogelbewegung? und sofort – eine Fülle von hübschen und anregenden Dingen.

Seufzend legten wir das Zeug aus der Hand und gingen schlafen.

Am folgenden Morgen fanden wir uns zum erstenmal ohne Hieronymus am Frühstückstisch zusammen, und die nächste Folge war, daß wir uns gegenseitig erstaunt und verlegen betrachteten. Wir hatten schon eine ganze Woche zusammengelebt, uns Spitznamen gegeben, wir bildeten eine Art Familie, aber das alles schließlich doch nur, weil Hieronymus Edelmann sich unserer bemächtigt und uns organisiert hatte. Solange er da war, hatte man das als selbstverständlich hingenommen, aber jetzt, heute, wo wir unter uns waren, empfanden wir auf einmal die ganze Unwahrscheinlichkeit der Situation. »Wer, um Gottes willen, ist denn eigentlich dieser Hieronymus?« so fragte sich jeder im stillen, »und wer sind wir? – Was haben wir miteinander zu tun?«

Die gute Schwester Hildegard aus Afrika, der gestern abend allerhand moralische Bedenken aufgestiegen waren, obwohl sie sicher nicht alles verstanden hatte, brach den Bann und begann zu fragen. Gesellschaftliche Skrupel kannte sie nicht, sondern war nur um ihr Seelenheil besorgt, und das schien ihr gefährdet, wenn Hieronymus wirklich die stellenlose Gesellschaftsdame mitbrachte. So fragte sie nach seinem Vorleben, nach allem möglichen, und es stellte sich heraus, daß keiner von uns ihn je zuvor gesehen, bisher aber jeder den anderen für seinen alten Bekannten gehalten und sich darüber gewundert hatte.

Man fühlte sich ein wenig blamiert, aber zugleich sehr erleichtert.

Doktor Gräber, der Assistenzarzt, schlug sich vor die Stirn:

»Wie konnte das nur geschehen, verehrte Anwesende? – Wie ein verschlagener Zauberer hat er uns ins Netz gelockt. – Wir kamen her, um uns zu erholen oder zu vergnügen, aber doch nicht ....«

»Um unter schrecklichen Strapazen Flammenbünde zu gründen«, ergänzte der Loreley.

»Pfui, dieser Flammenbund«, sagte die Schwester mit einem Seitenblick auf das Trapezmädel. Das aber lachte nur.

»Mitglieder des Korrespondenzvereins sind wir schon«, seufzte der junge Kaufmann.

»Wir wohnen miserabel«, fuhr Doktor Gräber fort. »Erst gestern hat unser Hauswirt wieder mit einem Ingenieur darüber gesprochen, daß die Mauer gestützt werden müsse. – Im linken Flügel oben wird die halbe Nacht Grammophon gespielt – Gott weiß, was da überhaupt alles logiert ....«

»Oh, ich glaube, da fängt der Flammenbund schon an«, rief das Trapezmädel.

»Herr Edelmann geht oft hinüber, und mich hat neulich auf der Hintertreppe ein Herr in den Arm zwicken wollen.«

»So, und was hatten Sie denn auf der Hintertreppe zu tun?« fragte der Loreley strafend, und die Schwester war aufrichtig erschrocken. Ja, sie hätte überhaupt das Gefühl, als ob dieses Haus ein etwas bedenklicher Aufenthalt sei.

Längeres Schweigen, dann nahm wieder der Assistenzarzt das Wort:

»Meine Herrschaften, wir sind hier allem Anschein nach, wie es sonst nur schutzlosen, alleinreisenden Mädchen passiert, in eine etwas zweifelhafte Atmosphäre geraten, und wer weiß, wo das alles noch hinausläuft ....«

»O Gott«, sagte das Trapezmädel, »wenn das meine Eltern wüßten. Ich habe ihnen gerade geschrieben, ich hätte hier so netten Anschluß gefunden.«

»Und meine Oberin« rief die Schwester, »nein, hören Sie, Herr Doktor, ich ziehe heute noch aus. Ich kann doch unmöglich in meiner Schwesterntracht ....«

»Wir ziehen alle aus«, erklärte der Loreley ritterlich, »wir andern werden die Damen doch nicht im Stich lassen. Und abgesehen von allem andern bietet unser Logierhaus »Zur schwankenden Weltkugel« wirklich etwas zu wenig Komfort. Hätten wir uns nur nicht – aber das ist jetzt nicht mehr zu ändern.«

Gesagt, getan, die Tafel wurde aufgehoben, und wir gingen sofort daran, unseren Auszug zu organisieren. Es gab eine bittere Auseinandersetzung mit dem dicken Holländer, dann begaben wir uns, von zwei Gepäckträgern gefolgt, geraden Wegs nach dem ersten Hotel der Stadt, erfuhren jedoch, daß alles besetzt sei. Es gab noch zwei weitere Hotels geringeren Ranges, aber überall wurde uns derselbe Bescheid. Als sich der gleiche Vorgang auch noch in einer Familienpension wiederholte, dämmerte uns eine furchtbare Ahnung auf. Wir waren hier in dem kleinen Ort längst als Gäste der »Schwankenden Weltkugel« bekannt, und nur das konnte der Grund sein, weshalb man sich so ablehnend verhielt. Unsere Wanderung erregte inzwischen einiges Aufsehen, man folgte uns, wenn wir weitergingen, stand um uns herum, wenn wir haltmachten.

Was nun? Vielleicht eine Privatwohnung? Um den neugierigen Blicken zu entgehen, ließen wir unsere Träger an einer Ecke warten und bogen in die Seitenstraßen ein. Hier nun sahen wir fast über jeder Tür eine viereckige Papptafel mit der Inschrift: *Hay viruelas!* Was *viruelas* bedeutete, wußten wir nicht, nahmen aber an, es handle sich um Zimmer, die hier zu vermieten wären, und drangen mutig in das nächste Gebäude ein. Eine dicke Frau erschien und bedeutete uns mit geradezu entsetzten Gebärden, es sofort wieder zu verlassen. Nun wurde es uns aber doch zu dumm. Wir schrien wütend: *camera, chambre,* Zimmer – sie schrie: *viruelas* und tupfte sich dabei auf Gesicht und Hände, als ob sie nicht recht bei Verstand sei. Gut, also *viruelas* – sie sollte uns nur ihre *viruelas* zeigen, vielleicht waren es doch Zimmer, und wir wollten mit allem vorliebnehmen. – Mit einer resignierten Gebärde stieß sie schließlich eine Tür auf und wies auf einen Kranken, der im Bett lag. Doktor Gräber und die Schwester traten näher und wurden plötzlich sehr still. »Gott im Himmel«, sagte Gräber, »der Mann hat die Blattern. *Viruelas* heißt natürlich Blattern und die Plakate sind zur Warnung aufgehängt. Rasch hinaus, meine Herrschaften.«

Wir verließen das Haus nun ohne weiteres Widerstreben und standen im wahren Sinne des Wortes obdachlos auf der Straße. Da man uns auch hier gefolgt war und den Vorgang beobachtet hatte, würden wir in der ganzen Stadt kein Quartier mehr finden. Es blieb nichts übrig, als, immer noch gefolgt von den beiden Packträgern und einer nicht unbeträchtlichen Menschenmenge, in das Logierhaus »Zur schwankenden Weltkugel« zurückzukehren und dem dicken Mynheer zu erklären, wir hätten uns die Sache inzwischen anders überlegt. Er empfing uns mit schlecht verhehlter Schadenfreude und meinte, die Mauern würden sich wohl noch eine Zeitlang halten. Es war nur ein Glück, daß er von unserem Irrtum mit den *viruelas* nichts wußte.

Unser Doktor stürzte noch am gleichen Tage zu einem der einheimischen Kollegen und bestand darauf, daß wir uns alle impfen ließen. Nur die Schwester wollte nichts davon wissen und sagte, ihr Leben stände in Gottes Hand. Daß sie wieder im Logierhaus wohnen sollte, beunruhigte sie weit mehr. Sie trug auf unseren Rat von jetzt an Zivil, und der junge Kaufmann versprach ihr, in Afrika nichts davon zu erzählen. Und auf das Trapezmädel hatte man ein wachsames Auge, damit es sich nicht wieder auf die Hintertreppe verirrte.

Außerdem gedachten wir sobald als möglich das gastliche Eiland zu verlassen und einen anderen Ort aufzusuchen. Nur die Wahl dieses Ortes war noch die Frage.

Mit Karten und Reisebüchern saßen wir am nächsten Nachmittag im Garten unter den Palmen, als Monsieur Mouton, der alte Franzose, mit seinem Ameisenbär herunterkam, sich in unserer Nähe niederließ und anstatt seinen »Matin« zu lesen, ein Gespräch anknüpfte. Ah, wir wollten also fort? – und weshalb denn, wenn man fragen durfte? – »*eh bien, nous verrons,* Sie sind nicht die Ersten, die wieder fort wollen – aber man kann nicht, man kommt nicht wieder weg.«

»Aber warum denn nicht – wir würden einfach abreisen und basta. Kein Mensch könnte uns daran hindern.«

»Nein, Menschen gewiß nicht, aber –« Mouton senkte die Stimme und fuhr in geheimnisvollem Ton fort, nach seinem Dafürhalten gehe es hier nicht mit rechten Dingen zu. Dieser Hieronymus sei kein Mensch wie wir anderen, sondern ein Gespenst, ein Revenant. Er sähe aus wie ein Gespenst, schnitte sich den Bart wie ein Gespenst – denn welcher Mensch aus Fleisch und Blut käme wohl auf den Gedanken, einen fächerförmigen Bart zu tragen?

Und seine Art, sich an die Leute heranzumachen, beständig zu organisieren, wo eigentlich gar nichts zu organisieren war, kurz seine ganze Handlungsweise sei durchaus gespenstisch ... Er tue nichts Schlimmes, Gott bewahre, er glaubte eher die anderen zu beglücken, aber es komme immer ein Unheil dabei heraus. Jetzt zum Beispiel mache er eine umständliche Reise nach dem Festland herüber, um ein Krokodil zu kaufen.

Ein Krokodil? Wir dachten eine stellenlose Gesellschaftsdame ...
Nein, ein Krokodil – Mr. Mouton wußte es ganz bestimmt – »aber
Gott weiß, was für Spuk er damit treiben wird« – der alte Herr warf
einen bekümmerten Blick auf den Ameisenbär, der sich teilnahmslos an einer Palme scheuerte. »*Oui, oui, oui, m'ssieurs, mesdames, c'est
un revenant.*«

Wir mußten zugeben, daß wir auch schon ähnliches empfunden
hatten, ohne uns darüber klar zu sein, aber wir glaubten nicht an
Revenants und wir würden abreisen, ehe er mit dem Krokodil –
oder der Gesellschaftsdame – zurückkam.

Mouton lächelte skeptisch. In diesem Augenblick kam der dicke
Holländer in den Garten, in Begleitung eines Herren. Er warf uns
einen mißtrauischen Blick zu, dann gingen beide um das Haus herum, beklopften die Mauer und sprachen eifrig miteinander.

»Das ist der Ingenieur«, sagte Mouton, »ah, diese Schurken!«

Und auf unser Befragen – denn wir interessierten uns allmählich
lebhaft dafür – erklärte er uns, das Haus sinke, weil der Boden zu
locker sei. Unter der lockeren Schicht aber war Felsen; wenn nun
die Mauer soweit sank, daß sie auf den Felsen stieß, mußte sie ein-
knicken und in sich zusammenfallen. – »Ah, diese Schurken!« Der
Anblick der beiden Herren regte ihn sichtlich auf, er wurde immer
mitteilsamer und erzählte uns seine ganze Leidensgeschichte. Er
war hergekommen – wie wir – von Hieronymus empfangen, überwältigt und in das Logierhaus eingeführt worden – wie wir. Er
wurde, ehe er sich's versah, Mitglied des Korrespondenzvereins
und für den Flammenbund angeworben – wie wir – hier seufzte er
schwer, bemerkte, er sei eben ein einsamer alter Mann und schien
etwas zu verschweigen. – Ja und dann hatte er dem dicken Mynheer
eine große Summe geliehen, angeblich um die »Schwankende Weltkugel« im Gleichgewicht zu erhalten. Aber sowohl die baulichen
Maßnahmen, wie die Rückzahlung seines Kapitals wurden immer
wieder hinausgeschoben – so war er hiergeblieben und zahlte keine
Pension mehr, um wenigstens etwas auf seine Kosten zu kommen.

Ebenso oder ähnlich war es der Amerikanerin ergangen – daraus
leitete sie auch das Recht her, auf der Treppe zu sitzen und den
Betrieb zu stören, wenn es ihr gerade einfiel. Ja, Mynheer wisse es
schon so einzurichten, daß seine Gäste blieben – bis ihnen einmal

das Dach über dem Kopf einstürzen würde. – Und wieder kam er darauf zurück, es gehe hier nicht mit rechten Dingen zu, man würde verhext, und täte Dinge, die einem sonst nicht in den Sinn kommen würden.

Es gewann den Anschein, als sollte er recht behalten, denn Schwester Hildegard erkrankte an den Blattern, und es lag auf der Hand, daß wir sie nicht allein hier zurücklassen konnten. Das ominöse Plakat hing nun auch über unserer Tür. Mynheer grollte fürchterlich, daß wir sein Haus erst verlassen und dann verseucht hätten. Wir wurden gemieden und miserabel bedient, man brüllte uns alle möglichen Vorwürfe und Beleidigungen durch das Haustelefon zu, und wir suchten sie auf dem gleichen Wege zu entkräften oder zu widerlegen. Wurde das für beide Teile zu ermüdend, so machte sich auch wohl der Widerpart im Garten bemerkbar – wir erschienen am Fenster, und man setzte das anregende Gespräch mit erhobener Stimme und feindseligen Gesten fort.

Inzwischen kehrte Hieronymus zurück und brachte sowohl das Krokodil als auch die stellenlose Gesellschaftsdame und einige Wüstenspringmäuse mit. Monsieur Mouton teilte uns entrüstet durchs Telefon mit, es habe gleich nach seinem Ameisenbär geschnappt, aber dennoch sei es sympathischer wie die Dame. Sie wohnte vorläufig noch im Hotel, und man richtete das Gartenhäuschen für sie ein, da sie der Ansteckung wegen das Haus nicht betreten wollte.

Wir lagen den ganzen Tag im Fenster, es war wie ein Guckkasten für uns, immer wieder gab es etwas Neues zu sehen. Wir sahen, wie Mouton sich mit dem Hauswirt zankte oder seinen Ameisenbär promenierte, sahen, wie Hieronymus Edelmann mit fieberhaftem Eifer seine Menagerie und die Unterkunft der stellenlosen Dame organisierte. Für das Krokodil ließ er eine Extrabehausung mit Schwimmbassin bauen, bis die fertig war, wohnte es in einer großen Kiste. Man hatte ihm ein Halsband angelegt, und ein paarmal am Tage führte er es auf den Kieswegen spazieren, entweder, weil er dachte, daß etwas Bewegung an der frischen Luft ihm zuträglich sei oder nur um Mouton zu ärgern, der für seinen Ameisenbär zitterte und ihn jetzt ebenfalls an die Leine gelegt hatte, um ihn zu schützen. Zum Zeitunglesen kam er vor lauter Aufregung überhaupt nicht mehr. Wir sahen, wie er sein gerüsseltes Ungeheuer ängstlich an sich zog, während Hieronymus mit dem seinen herrisch den Weg hinabkam und durch das Monokel jede seiner Bewegungen kontrollierte, denn es schnappte manchmal nach seinen Beinen.

Auch die Amerikanerin kam öfters herunter und fand das Krokodil »lovely« während sie dem Ameisenbär keinerlei Beachtung schenkte. Sie und Mouton waren geschworene Feinde, wahrscheinlich weil sie sich gegenseitig durch ihre Räusche und ihr spätes Nachhausekommen störten. Und aus dem verdächtigen Flügel links oben schauten des öfteren neugierige Gesichter herab.

Wir sahen auch, wie die Wüstenspringmäuse in einem großen Käfig angeschleppt wurden und Hieronymus sich bemühte, sie zu einem harmonischen Zusammenleben mit seinen Meerschweinchen zu veranlassen. Das schlug vollständig fehl, die Springmäuse hüpften in tollen Sätzen zwischen den zu Tode erschrockenen Meerschweinen herum, und man mußte sie wieder trennen, was ebenfalls keine leichte Aufgabe war. Hieronymus aber holte einen Band Brehm aus dem Giebel, ließ sich damit auf einer Gartenbank nieder und rief mit Stentorstimme zu uns hinüber: die Wüstenspringmaus lasse sich mit leichter Mühe zähmen und sei dann ein possierliches Haustier. Er wolle den Versuch machen, ob wir nicht meinten, daß die Gesellschaftsdame Spaß daran haben würde?

»Wohl möglich«, schrien wir zurück, »wir haben noch nicht das Vergnügen, die Dame zu kennen.«

»Und Schwester Hildegard – wie es ihr ginge – vielleicht würde es sie amüsieren ...«

»Nein«, brüllten wir förmlich, sie sei zwar in der Besserung, aber Wüstenspringmäuse seien einstweilen noch zu anstrengend für sie.

Das kränkte ihn, und nun fiel ihm ein, daß er noch einiges gegen uns auf dem Herzen habe.

Es war während seiner Abwesenheit eine wahre Hochflut von Briefen an uns eingelaufen, nicht etwa von unseren Freunden und Verwandten, sondern von wildfremden Menschen. Unseren sämtlichen Vereinsbrüdern stand ja das Recht zu, uns ungestraft mit Schriftstücken zu bombardieren, und sie machten ausgiebigen Gebrauch davon. Schelmische Wandervögel fragten an, ob sie bei nächster Gelegenheit ihren Flug hierher richten dürften und man bereit sei, sie zu beherbergen und zu atzen – eine Dame klagte dem Loreley, der ein ausgesprochener Weiberfeind war, daß sie sich einsam fühle – ein Handlungsreisender erkundigte sich bei der Schwester nach guten Hotels und erwähnte dabei, er sei in den besten Jahren und sehr lebenslustig – eine Gesellschaft für Nacktkultur wünschte ein Terrain zu mieten, wo man Hütten bauen und sich unter südlichem Himmel in schönen Bewegungen üben könne –, noch andere wollten alles Mögliche und unterrichteten uns aufs genaueste über ihre Lebensverhältnisse, Neigungen und Gefühle, in der sicheren Zuversicht, ein Echo zu wecken. – Einen vollen geschlagenen Tag hatten wir alle dagesessen und zum Teil recht grobe Antworten geschrieben, um die Leute in ihre Schranken zurückzuweisen.

Jetzt aber stand Hieronymus Edelmann in seiner ganzen Länge da und richtete zornig sein Monokel gegen uns:

Was uns denn eingefallen sei, den Verein so vor den Kopf zu stoßen? Man habe sich bereits bitter bei ihm beschwert. Und im nächsten Monat würden verschiedene Mitglieder hierherkommen, wunderbare Dinge würden sich dann ergeben – die stellenlose Gesellschaftsdame habe sich schon bereit erklärt, dem Flammenbund als – nun, als Präsidentin – vorzustehen. Er fand in der Eile wohl kein anderes Wort.

Aber wir waren ebenfalls gereizt, wir sahen in Gedanken schon die Insel von Wandervögeln, nackten Menschen und Handlungsreisenden überflutet, und das gab uns Mut. Der Loreley erhob seine Stimme und wurde ganz pathetisch:

»Nein – wir wollen nicht mehr – wir brauchen keine Springmäuse und keine Vereinsbrüder – wir wollen keinen Flammenbund – wir haben genug an den Blattern« – seine Stimme überschlug sich. Hieronymus aber blieb wie angewurzelt stehen, mit seinem Brehm unter dem Arm, das Monokel hing schlaff herab, und er sah sprachlos zu uns herüber. Dann ging er in das Haus.

Monsieur Mouton, der dieser Szene beigewohnt hatte, war außer sich vor Vergnügen und beteuerte wiederum, Hieronymus sei ein Revenant. Auch wir begannen uns dieser Ansicht immer mehr zuzuneigen. Sein ganzes Tun und Treiben mit dem Krokodil und den

Springtieren trug tatsächlich ein gespenstisches Gepräge, und er hatte eine Art, Tatsachen und Wirklichkeiten zu ignorieren, die uns immer wieder in Erstaunen setzte.

So hatte er am nächsten Tage anscheinend alles vergessen, tat, als ob überhaupt nichts weiter vorgefallen sei und zähmte die Wüstenmäuse.

Schwester Hildegard war bald wieder hergestellt, und wir wollten mit dem nächsten Schiff fort, aber Mynheer hetzte uns die Gesundheitspolizei auf den Hals, und man verhängte eine vierwöchentliche Quarantäne über uns, ehe wir abreisen durften. Zudem steigerte er uns den Pensionspreis ins Ungeheuerliche, unter dem Vorwand, wir hätten ihm die Blattern ins Haus geschleppt und die Kundschaft verscheucht. Da wir nicht darauf eingingen, verklagte er uns. Wir erhoben Gegenklage unter Hinweis auf die sinkende Mauer und den linken Flügel und behaupteten, die »Schwankende Weltkugel« sei in baulicher wie in sittlicher Beziehung ein gefährlicher Aufenthalt. Nur die Erkrankung der Schwester habe uns gezwungen zu bleiben, so daß dem Hauswirt aus der Blatternaffäre noch materielle Vorteile erwachsen wären. Dagegen trat nun wieder Hieronymus auf, der inzwischen vergessen hatte, daß er eigentlich in freundschaftlichen Beziehungen zu uns stand, und gab an, daß er längst das Europäerviertel für seine Flammenbündler habe mieten wollen, während Mouton die Gelegenheit ergriff, um seine Forderung an den Hauswirt geltend zu machen. Er wollte durchaus den Beweis antreten, daß dieser ein Schurke und Hieronymus Edelmann ein Gespenst sei. Auf letzteren Umstand legte der Untersuchungsrichter kein besonderes Gewicht. Im Gegenteil, man begann zu zweifeln, ob Monsieur Mouton bei normalem Verstand sei, und das machte die Gegenpartei sich natürlich zunutze.

So tobte der Kampf hin und her, und es bestand keine Aussicht, daß der Prozeß jemals ein Ende nehmen würde.

Mittlerweile war auch die stellenlose Gesellschaftsdame in das Gartenhäuschen übergesiedelt. Kopf an Kopf standen wir am Fenster, als sie ihren Einzug hielt. Wir sahen, wie Hieronymus ihr das Krokodil und die Springmäuse, die inzwischen wirklich gelernt hatten, aus der Hand zu fressen, vorstellte. Übrigens mußten wir wieder einmal Monsieur Mouton recht geben – so wenig Charme das Krokodil auch hatte, es war ihr immerhin noch vorzuziehen. Wir sahen, daß sie nicht einen Augenblick zusammenzuckte, sondern vertrauensvoll zu Hieronymus aufblickte, und wir begriffen, daß sein Gespensterinstinkt ihn diesmal nicht getäuscht hatte. Diese Dame war sicherlich geeignet, an seiner Seite und von unheimlichem Getier umgeben als Präsidentin des Flammenbundes zu walten.

Nachdem sie sich in ihre Gemächer zurückgezogen, kam er mit strahlendem Monokel unter das Fenster – er hatte wieder vergessen, daß er jetzt im Prozeß unser erbitterter Gegner war – und verkündete, daß seine Pläne sich nunmehr aufs herrlichste entwickelten. Mit dem nächsten Schiff käme eine Reihe von Mitgliedern, und er hoffte, dann würden auch wir anders denken lernen und uns der Sache anschließen.

Uns war schlimm zumut.

Tags darauf kam er vom Hafen zurück und brachte einen dicken fröhlichen Kapitän mit. Es war das keine Seltenheit, denn wenn Hieronymus keine geeigneten Passagiere fand, überreichte er auch dem Kapitän seine Visitenkarte und versuchte, ihn mindestens für einen Abend in das Logierhaus zu bringen. Dieser hier fuhr mit einem kleinen Handelsdampfer und war entzückt über den gastlichen Empfang, der ihm zuteil wurde. Wir aber waren nicht minder froh, einmal wieder ein unbeteiligtes Gesicht zu sehen, und so kam es, daß der schlichte Seemann fast über Gebühr gefeiert wurde und die ganze Gesellschaft auf morgen zu einem Schiffsfrühstück einlud. Punkt zwölf Uhr, denn um zwei sollte in See gestochen werden.

Hieronymus ließ es sich angelegen sein, den Gast zu erfreuen, zog, kaum daß die Mahlzeit beendet war, die Statuten seines Vereins aus der Tasche, erläuterte seine organisatorischen Bestrebungen und suchte ihn dann ohne weiteres für den Flammenbund zu heuern.

Es war nicht ganz klar, ob der biedere Kapitän das alles richtig erfaßte, denn er wollte sich halbtot lachen und sagte immer wieder: »Ja, das wäre sehr hübsch, aber morgen kommen Sie erst mal zu mir, und dann wollen wir frühstücken.« Eine Welt von Alkohol lag in diesem einen Wort. Ein wenig verstimmt brachte Hieronymus nun das Gespräch auf exotische Tiere und erzählte, daß sein Krokodil seit ein paar Tagen nicht fressen wolle. Es müsse krank sein, und er wollte es ihm durchaus noch bei Nacht und Nebel zeigen, um seinen Rat einzuholen, in der festen Meinung, daß jeder weitgereiste Kapitän auch Sachverständiger in Krokodilangelegenheiten sein müsse. Dieser jedoch – er hieß Petersen – sagte, er selbst verstände nichts davon, aber sein Steuermann, und Hieronymus solle das Tier nur morgen mitbringen. Worauf er wiederholte: »Und dann wollen wir frühstücken«, und sich etwas benommen verabschiedete.

Wir anderen erwogen noch spät in der Nacht einen verzweifelten Plan. Kapitän Petersen war uns von Gott gesandt – er wußte nichts von unserer Quarantäne, er wußte überhaupt von nichts, und morgen, wenn man gefrühstückt hatte ...

Und ungesäumt ging man zu Werk, während das ganze Logierhaus »Zur schwankenden Weltkugel« in tiefstem Schlummer lag. Wir packten unsere Koffer, schleppten sie selbst an den Hafen hinunter und gewannen einen Bootsmann, der sie auf ein verabredetes Zeichen im letzten Moment an Bord bringen sollte. Als wir gerade die letzten Sachen aus dem Hause trugen, kehrte Monsieur Mouton von seinem nächtlichen Bummel zurück und war sehr erstaunt über unsere Betätigung. Man weihte ihn ein, er wünschte uns alles Gute, war aber überzeugt, daß es uns nicht gelingen würde. Wir überredeten ihn, an dem Frühstück teilzunehmen, und er fuhr denn auch zur festgesetzten Stunde mit uns herüber. Den Ameisenbär wagte er bei der feindseligen Stimmung im Logierhause nicht allein zu lassen und nahm ihn deshalb mit. Kapitän Petersen war ein wenig verwundert, da er Hieronymus Edelmann mit einem Krokodil erwartet hatte. Dieser aber verspätete sich, was bei ihm häufig vorkam. Er hatte absolut kein Gefühl für Zeit und konnte ebensogut übermorgen kommen und mit staunendem Monokel nach dem entschwundenen Schiff suchen.

Das Frühstück begann und dauerte fort. Es war eines jener Frühstücke, die nie ein Ende nehmen, die ebensogut bis zum Jüngsten Tage dauern könnten. Es gab allerlei Delikatessen und vor allem unabsehbare Getränke. Es wurde eins, es wurde halb zwei, die Schiffsglocke läutete das erste Abfahrtszeichen.

Wir frühstückten, und Hieronymus kam immer noch nicht.

Schwester Hildegard, die noch angegriffen war und keinen Sinn für Gelage hatte, saß in einem Klappstuhl an Deck und hatte Auftrag, den Bootsmann mit unseren Sachen rechtzeitig herbeizuwinken. Von Zeit zu Zeit ging einer von der Gesellschaft hinauf, um ihr zuzusprechen. Denn sie rang mit ihrem Gewissen, ob es auch recht sei, was wir vorhatten. Der Kapitän schwärmte für sie und brachte ihr alle möglichen Leckerbissen – er schwärmte für uns alle und wurde immer aufgeräumter. Punkt dreiviertel zwei, als die Glocke zum zweitenmal läutete, eröffneten wir ihm, daß wir mitfahren wollten. Er hielt es für einen Scherz und ging nicht weiter darauf ein. Das Trapezmädel war inzwischen an Bord gewesen und flüsterte uns zu, das Gepäck sei schon da, und soeben nahe Hieronymus Edelmann mit seiner Präsidentin und dem Krokodil in einer Barke. Gleich darauf meldete ein Matrose seine Ankunft – die Dame war im Boot geblieben. Der Kapitän ging hinauf, um ihn zu begrüßen, wir folgten. Hieronymus war ungemein aufgeregt – vor einer halben Stunde erst hatte man unseren abermaligen Fluchtversuch entdeckt, und Mynheer hatte ihn hinter uns hergeschickt. Man zerbrach sich den Kopf, wohin wir uns gewandt haben möchten, und darüber war ihm das Frühstück wieder eingefallen. Tot oder lebendig sollte er uns wieder zur Stelle schaffen, und nun schleuderte er uns die furchtbarsten Beschuldigungen entgegen, sprach von den Blattern, dem Prozeß und dem Flammenbund ... und zerrte dabei das unglückliche Krokodil an der Kette herum.

Wir leugneten einmütig - nein, wir wußten von keinem Prozeß und von keinen Blattern. Die Matrosen amüsierten sich königlich, denn inzwischen war auch Monsieur Mouton vorgetreten, und es war ein eigenartiger Anblick, wie die beiden sich mit ihren Haustieren gegenüberstanden und aufeinander einschrien.

Der Kapitän aber wurde sehr ernst. Es war strenge Vorschrift, daß jeder Passagier ein Gesundheitsattest vorweisen mußte, er sah auch jetzt, daß es uns Ernst war mitzufahren, und falls er Hieronymus Glauben schenkte, mußte er uns für eine Art verseuchter Verbrecherbande halten.

Die Schwester saß immer noch in ihrem Klappstuhl und rang die Hände. Aber beim Anblick des rasenden Hieronymus und seiner Präsidentin zerrannen ihre Skrupel. Nein, sie wollte nicht in dieses

Haus des Lasters zurückkehren. Sie rang die Hände und flehte Gott um ein Wunder an.

In diesem Augenblick der höchsten Spannung vergaß sich das Krokodil und schnappte in auffallender Weise nach dem Ameisenbär, der friedlich neben seinem Herren stand. Darüber wurde Monsieur Mouton so zornig, daß er ihm einen fürchterlichen Fußtritt gab. Hieronymus fuhr dabei die Kette aus der Hand, und das Krokodil sauste mit einem langen Satz über Bord.

Und nun geschah etwas Unbegreifliches, was man sich weder im Augenblick noch später zu erklären wußte. Hieronymus sprang ihm nach – eine Viertelsekunde lang starrte er völlig abwesend und entgeistert durch sein Monokel das entschwindende Ungetüm an und sprang dann ohne weitere Überlegung ebenfalls über Bord, in das Meer, das gerade an diesem Tage stark bewegt war.

Alles stand wie angewurzelt, nur drunten im Boot stieß die Präsidentin des Flammenbundes einen gellenden Schrei aus.

Zum dritten Mal ertönte die Schiffsglocke. Von allen Seiten eilten Barken herbei, aber weder Hieronymus noch das Krokodil kamen wieder zum Vorschein.

Der Dampfer setzte sich in Bewegung, der Kapitän gab keinen Gegenbefehl, es wurde vorläufig überhaupt kein Wort mehr geredet. Wir waren an Bord – unser Gepäck war an Bord – man fuhr ab –, wir fuhren mit, auch für Mouton und seinen Ameisenbären gab es kein Zurück mehr. Mochte das Logierhaus in den Boden versinken und die ganze Insel vom Meer verschlungen werden, wie Hieronymus und sein Krokodil – wir kehrten nicht mehr zurück.

Erst weit draußen, als der Hafen längst hinter uns lag, fand man allmählich die Sprache wieder.

Schwester Hildegard wollte wieder von ihren religiösen Bedenken anfangen und fühlte sich schuldig, weil sie um ein Wunder gebetet hatte, das uns retten möge. Monsieur Mouton aber brachte sie zum Schweigen, indem er sagte: Nein, hiermit habe der liebe Gott nichts zu tun, und wenn überhaupt von einem Wunder die Rede sein könne, so sei es, daß dieser Hieronymus jemals existiert habe, nicht aber sein jäher und spukhafter Untergang. Er selbst, Mouton, der doch durch seinen Fußtritt den Anstoß zur Katastrophe gegeben, spreche sich gleichfalls von jeder Schuld frei, denn Hieronymus – »c'était un revenant, m'ssieurs et mesdames.« Wir übrigen neigten stumm das Haupt.

Kapitän Petersen aber stand nachdenklich und breitbeinig da – jeder Zoll ein Seemann. Er verstand unsere Gespräche nicht, er verstand überhaupt nichts mehr und sagte schließlich kopfschüttelnd: »In die Kajüte, meine Herrschaften. Ich denke, auf den Schrecken ist es am besten, wenn wir erst mal weiter frühstücken.«

Das polierte Männchen

Das polierte Männchen war eines Tages in unseren Kreis geraten, wir konnten uns später alle nicht mehr recht besinnen, wann und bei welcher Gelegenheit.

Wir saßen in einer kleinen orientalischen Stadt und langweilten uns tödlich. Jeder von uns war aus einem anderen Grunde hergekommen und konnte aus einem anderen Grunde nicht wieder fort.

Man brachte die Zeit damit zu, sich ungeheuer zu langweilen und immer neue Zufallsbekanntschaften zu schließen, die wir aber bald wieder verwarfen, weil sie lästig wurden und noch langweiliger waren wie wir selbst. Das konnten wir nicht aushalten. Unser Kreis kam also immer wieder auf die ursprüngliche Zahl von Fünfen zurück, und wir schlossen uns aus lauter Stumpfheit immer enger zusammen, wurden immer unzertrennlicher. Es kam uns allmählich vor, als ob wir uns nie wieder voneinander trennen könnten. Wir vergaßen auch mit der Zeit, daß wir eigentlich darauf brannten, aus diesem Nest wieder fortzukommen, vergaßen, was wir hier wollten und beschäftigten uns nicht mehr damit. Das Hotel, in dem wir wohnten, war uns zur Heimat geworden, und wir dachten manchmal ernstlich daran, unsere Tage hier gemeinsam zu beschließen.

Wären wir noch etwas lebensfähiger gewesen, so hätten wir das polierte Männchen sicher nicht so lange geduldet, sondern es längst hinausgeworfen. Aber es brachte wohl irgendeine Nuance in die Sache, die uns unentbehrlich geworden war. Vielleicht brauchten wir auch Publikum. Oder wir hatten ein dunkles Gefühl, daß, wenn überhaupt noch etwas geschehen könnte, es nur von dem polierten Männchen ausgehen würde.

Eigentlich irritierte es uns über die Maßen, denn es hüpfte beständig bei uns aus und ein, überraschte uns zu den unwahrscheinlichsten Zeiten und den ungelegensten Stunden, war stets von einer unerträglichen Munterkeit, die ganz über unsere Kräfte ging, hatte eine schrille Fistelstimme, die sich gerne überschlug, kicherte unaufhörlich mit oder ohne Grund – kurz, es war mit einem Wort absolut unausstehlich. Vielleicht reizte uns gerade das.

Wir fingen auch erst an, es zu estimieren und unentbehrlich zu finden, als es seinen Namen bekommen hatte. Anfangs war es nur da – es hypnotisierte uns wohl vom ersten Moment an durch seine Poliertheit, aber wir hatten uns nie darüber geeinigt, hatten es noch nicht in unser Gesamtbewußtsein aufgenommen.

Aber dann kam der große Tag. Doktor König fehlte noch, wir anderen saßen schon lange im Café, malten aus den Zeitungen türkische Buchstaben nach und überlegten, ob man sich nicht selbst einen türkischen Paß ausstellen könnte. Aus diesen Buchstaben wurde ja doch niemand klug, auch wenn er Türke war und türkisch konnte. Dann kam König, er war allein spazieren gegangen und vielleicht deshalb ungewöhnlich munter. So kam es, daß er die bedeutungsschwere Frage tat: »Warum ist denn das polierte Männchen noch nicht da?«

Wir atmeten auf – es war schon so lange her, daß wir keine Witze mehr machen konnten. Und der unsympathische kleine Herr war uns schon über gewesen, wir hatten ihn bald abschaffen wollen wie all unsere anderen Beziehungen, aber jetzt fühlten wir, daß wir ihn brauchten, ihn eben erst entdeckt hatten. König hatte ihn entdeckt, als er ihn das polierte Männchen nannte. Es war wie ein Geschenk – wir fühlten uns bereichert und angeregt.

Eine halbe Stunde später kam das polierte Männchen selbst, und wir sahen es jetzt eigentlich zum ersten Mal. Es war ziemlich klein und hatte Säbelbeine – das heißt, nur eins davon war ein ausgesprochenes Säbelbein, das andere war bloß krumm. Das polierte Männchen wußte es auch sehr gut zu cachieren, indem es zuerst mit dem nur krummen auftrat und das ausgesprochene Säbelbein ganz rasch nachschwang. Dabei kam eine eigentümliche, muntere und hüpfende Gangart heraus, man sah, daß er selbst überzeugt war, es sei alles in bester Ordnung. Im übrigen war an dem ganzen Männchen alles blank und glänzend. Seine Wäsche schimmerte, die Stiefelspitzen blitzten, seine rosige Haut sah aus, als würde sie jeden Tag neu übergezogen und jede Rundung wie Stirn, Nase, Backenknochen, Kinn, Handgelenke und jedes einzelne Fingergelenk frisch aufpoliert. Es trug eine goldene Brille, die es behutsam und sicher hinter den blanken Ohren festhakte, und seine hellblauen Augen blickten glänzend durch die ovalen Glasscheibchen.

Als es jetzt unter dem Zeltdach des Cafés auftauchte, konnten wir bei aller Schläfrigkeit ein mattes Lächeln nicht unterdrücken. Frau von B., die meist ganz tiefsinnig war und wenig lachte, ließ sogar ein helles Quietschen vernehmen.

Es war schwer zu sagen, ob das polierte Männchen unsere Heiterkeit bemerkte, aber die Wahrscheinlichkeit sprach dafür, denn es war etwas zu Ungewohntes, daß wir lachten.

Es war geradezu ein unheimlicher Moment, etwa wie wenn die Toten in der Morgue plötzlich einmütig lächeln und einer sogar laut aufquietscht. Aber das Männchen nahm jedenfalls keine Notiz davon, und das war auch wieder unheimlich. Jeder andere hätte doch eine Bemerkung über unseren anomalen Frohsinn gemacht. Uns allen lief ein Schauder über den Leib, das polierte Männchen mußte uns ganz und gar durchschauen, es behandelte uns wirklich schon wie Tote, wußte, daß wir tatsächlich nicht mehr lachen konnten, daß es nur noch irgend eine überflüssige Reflexbewegung war.

Es war auch sicher nichts anderes, wir waren gleich wieder ernst, und man ging zur Tagesordnung über. Wir spielten im Hotelgarten Tennis. Außer den Spielrufen wurde kein Wort gesprochen. Das polierte Männchen hüpfte und kommandierte wie immer – wir spielten alle sehr schlecht und ohne Hingabe. – Nachher an der Abendtafel saß es wie immer am anderen Ende zwischen den Fremden, mit denen wir nicht verkehrten und die häufig wechselten und erzählte, wie immer mit gedämpfter Diplomatenstimme und mit vielem Takt, Anekdoten von exotischen Fürstlichkeiten und hochstehenden Personen. Die Anekdoten waren wie immer schrecklich langweilig, und wir kannten sie alle schon, hörten aber wie jeden Abend mit großer Aufmerksamkeit zu. Als wir dann auf die Straße traten, um unseren gewohnten Abendspaziergang zu machen und ins Café zu gehen, ging gerade ein Mann mit einer langen, zitternden Eisenstange auf der Schulter vorbei. Wir erschraken heftig und prallten zurück. Nur Frau von B., die einen Schritt voraus war, rannte mit dem Kopf gegen die Stange und verletzte sich an der Stirn. Sie schien gar nichts gesehen zu haben.

Die Verletzung war nur geringfügig, aber sie wurde leichenblaß und fiel in Ohnmacht. Man trug sie in ihr Zimmer, und wir gingen alle mit. Das polierte Männchen war auch mitgekommen und hüpfte dienstfertig und beflissen an den Waschtisch, um eine Kompresse zu machen. In diesem Moment sahen wir zu unserem Staunen, wie der Rittmeister mit einer heftigen Bewegung nach seiner Brusttasche fuhr, wo er, wie wir alle wußten, immer einen Dolch bei sich trug. Aber er schien sich gleich wieder zu besinnen, machte kehrt und ging mit schweren Schritten zur Tür hinaus.

Die Verletzung war wie gesagt unbedeutend, Frau von B. blieb nur einen Tag auf ihrem Zimmer. Dann ging alles wieder seinen gewohnten Gang. Sie behauptete, das polierte Männchen sei schuld an ihrem Unfall. Wir hielten es für unwahrscheinlich, nur der Rittmeister nickte ein paarmal nachdenklich, äußerte sich aber nicht weiter darüber. Frau von B. war überhaupt erstaunlich abergläubisch. Noch nie, seit sie hier war, habe sie einen Mann Eisenstangen schleppen sehen. Der Mann sei auch unwahrscheinlich groß gewesen und die Eisenstange so unendlich lang, daß man sie unmöglich durch diese Stadt mit ihren schmalen winkligen Gassen tragen könne. Wir mußten zugeben, daß wir auch noch nie einen Mann mit Eisenstangen gesehen hatten, und begannen nach ihm zu suchen. Dabei lebten wir förmlich auf – wir lagen nicht mehr bis mittags im Bett, spielten nicht mehr Tennis, die Kellner wußten nicht mehr, was sie von uns denken sollten: wir waren sonst den ganzen Tag von einem Café in das andere gegangen, hatten unter den Zeltdächern und Lorbeerbäumen gesessen und Vischinada getrunken – das war ein Eisgetränk mit Kirschsaft –, bis es endlich Zeit zur Table d'hôte war. Jetzt kamen wir schon um neun zum Frühstück herunter, erkundigten uns nach allen möglichen Wegen und stürzten fort, oder wir saßen stundenlang in der Halle des Hotels auf den Bambusstühlen und unterhielten uns im Flüsterton. Wir gingen auch zeitig schlafen, um morgens wieder frisch zu sein. Uns beseelte nur ein Gedanke: den Mann mit der Eisenstange zu finden.

Das polierte Männchen ließ uns gewähren. Unser Treiben mußte ihm wohl auffallen, auch wenn wir nie davon sprachen. Aber es fragte nie, spielte mit einer anderen Gesellschaft Tennis, kommandierte, hüpfte, kicherte, wie es bei uns getan hatte, und abends, wenn wir verstört und müde zu Tisch kamen, saß es schon an seinem Platz und erzählte mit gedämpfter Diplomatenstimme seine Anekdoten.

Auf unseren Wanderungen ruhten wir manchmal in unbekannten kleinen Cafés aus, die wir zufällig am Wege fanden, und regelmäßig tauchte dann auch das polierte Männchen auf, war plötzlich da, setzte sich zu uns, verschwand aber immer eben, ehe wir aufbrechen wollten.

An einem Donnerstagabend kam der Rittmeister auf den Gedanken, er wolle morgen einmal zu Pferde die Umgegend durchstreifen. Wir wußten, daß er sich Hoffnung machte, in einem der benachbarten Dörfer den Mann mit der Eisenstange zu finden.

Darüber kam das Gespräch auf Pferde, und das polierte Männchen mischte sich lebhaft hinein. Es schien auch etwas von Pferden zu verstehen, dämpfte dann die Stimme und erzählte von einem Sohn des persischen Schah, mit dem es öfters ausgeritten war.

Währenddem sagte Frau von B. zum Rittmeister: »Aber morgen ist Freitag, ich bitte Sie um Gottes willen, reiten Sie nicht auf einem schwarzen Pferd aus.« – Sie hatte halblaut gesprochen, nur für uns berechnet, aber trotzdem hatte man es auf der anderen Tischseite gehört. Das Männchen unterbrach seine Geschichte und erhob ein ganz unbändiges Gekicher, die anderen Gäste stimmten mit ein, und es wurde eine jener schrecklichen sinnlosen Lachstimmungen, die kein Ende nehmen wollen, schließlich zu einer Art Krampf werden und bei allen Beteiligten ein peinliches Gefühl von gegenseitiger Blamage hinterlassen. Frau von B. stand endlich auf und ging fort, und wir begleiteten den Rittmeister, um ein Pferd zu bestellen.

Er ritt dann am nächsten Morgen ganz früh fort. Gott weiß, ob es nur Zufall war oder wollte der Rittmeister zeigen, daß er ein Mann sei und sich vor nichts fürchte, aber man brachte ihm wirklich ein kohlschwarzes Pferd.

Und gegen Mittag wurde er von ein paar Leuten bewußtlos heimgebracht. Das Pferd war mit ihm gestürzt.

Wir saßen gerade in der Halle und sprachen von dem Mann mit der Eisenstange, wir sahen uns an und wurden alle blaß. Frau von B. war Gott sei Dank nicht da. Das polierte Männchen sah aus, als wolle es wieder unbändig kichern, tat es aber nicht, sondern sprang auf, war dienstfertig, nützlich und umsichtig, während wir völlig apathisch sitzen blieben und weiter Eislimonade tranken. Der Rittmeister hatte sich nur eine Rippe verbogen und ein paar Quetschungen davongetragen, aber das schien uns im Moment beinah unheimlicher, als wenn er tot gewesen wäre. Das Schicksal erlaubte sich nur unverschämte Spielereien mit uns, aber es nahm uns nicht ernst.

Beim Abendessen wurde natürlich von dem Unfall gesprochen, aber alles war verlegen, und niemand wagte eine Anspielung auf den vorigen Abend.

Auf Frau von B.s dringende Bitten gaben wir den Mann mit der Eisenstange jetzt auf.

Der Rittmeister war nach ein paar Tagen wieder unter uns und mußte sich nur noch etwas schonen. Wir führten wieder unser früheres Leben mit späten Nächten und resignierter Bummelei. Aber es war doch etwas anders geworden. Unser schöner, tröstlicher Dämmerzustand, an den wir uns so gewöhnt, den wir geliebt, kultiviert und gegen alle beunruhigenden Einwirkungen von außen her verteidigt hatten, der überhaupt das Band war, das uns zusammenhielt und der uns so viel stummes, intensives Glück gebracht – er war gestört, wir waren jetzt halbwach und gequält und waren so nervös geworden, daß wir uns stundenlang unterhielten. Und immer nur über das polierte Männchen. Es beschäftigte uns so, daß wir an nichts anderes mehr dachten. Wir sprachen viel über sein Äußeres, stellten jeden kleinsten Zug fest, den wir an ihm kannten, und entdeckten immer neue, die uns bisher entgangen waren. Es beschäftigte uns lebhaft, wenn es eine andere Krawatte trug und die verschiedenartigen kunstvollen Schwingungen, die es mit seinem Säbelbein vollführte, regten uns förmlich auf. Wir achteten auch mehr auf das, was es sprach und grübelten darüber, ob es wohl wirklich Diplomat sei. Seine Kenntnisse in bezug auf exotische Fürsten und hochstehende Persönlichkeiten waren tatsächlich eminent. Doktor König, der gerne alles ins Triviale zog, warf einmal die Frage auf, ob es nicht vielleicht ein Schwindler sei. Die Möglichkeit wurde gründlich beleuchtet, aber wieder verworfen. Wozu sollte ein Schwindler sich so lange gerade in dieser unbedeutenden Stadt aufhalten und wozu unsere Gesellschaft so auffallend kultivieren? Wir boten so gar keine Handhabe für Schwindeleien. An uns konnte man höchstens psychologisches Interesse nehmen, aber auch das lag dem polierten Männchen sicher gänzlich fern. So rieten und grübelten wir hoffnungslos weiter.

In dieser Zeit lernten wir den schönen Armenier kennen. Er war türkischer Beamter, schien eine bedeutende Stellung einzunehmen, hieß Vayanni Bey und inspizierte den Ackerbau in unserer Gegend – ein äußerst gebildeter und liebenswürdiger Mensch. Wir waren ganz glücklich über ihn, bis das polierte Männchen dazu kam und ihn vertraut begrüßte. Sie hatten sich in Ägypten getroffen und beim Khedive zusammen Tee getrunken.

Wir sahen uns an und fühlten, daß wir anfingen, dem polierten Männchen Tod und Verderben zu wünschen. Es ging indessen bald seiner Wege, und wir wunderten uns, daß Vayanni Bey im weiteren Gespräch mit keiner Silbe darauf zurückkam. Es war uns auch sonst schon aufgefallen, daß außer in unserem intimen Kreis niemals von dem Männchen gesprochen wurde. Mit dem Moment, wo es verschwand, schien es vergessen und ausgelöscht zu sein, als ob es nie dagewesen wäre.

Frau von B. verliebte sich in den schönen Armenier. – Zwischen uns Fünfen bestand ein stillschweigendes Übereinkommen, daß wir uns nie untereinander verliebten. Es wäre viel zu anstrengend gewesen und hätte alle Harmonie zerstört. Darüber waren wir uns vollkommen einig. Es wurde höchstens ganz mechanisch geflirtet.

Ihren Liebeshandel mit dem Armenier betrachteten wir daher gewissermaßen als gemeinsame Sache. Es gab keine Eifersucht und keine Störungen, wir machten einfach mit, liebten ihn alle, litten darunter, wenn er kalt war und glühten mit, wenn er seine dunklen Augen zu ihr hinüberrollte und sie mit seinen weißen Zähnen anblitzte. Er benahm sich auch so diskret und erwiderte unsere Gefühle so anerkennend, daß wir sehr zufrieden mit ihm waren. Es war unsere schönste Zeit.

Nur das polierte Männchen fiel manchmal aus der Rolle, die es sich bis dahin auferlegt, oder zu der wir es durch unser Verhalten gezwungen hatten. Es vergaß dann seinen Diplomatenakt, machte anzügliche Bemerkungen, kicherte, wo es durchaus nicht am Platz war und neckte Frau von B. mit dem Armenier. So warf es eines Tages die Bemerkung hin, warum sie ihn nicht heirate, um ihn ganz für sich zu haben. Diesmal wurde sie nervös, gab dem Männchen einen Klaps mit dem Fächer und sagte: »Lassen Sie mich in Ruhe – es gefällt mir so viel besser.« – Das polierte Männchen sah sie mit einem gekränkten und giftigen Blick an und kicherte in sich hinein. Dann ging es fort und schien so mit seinen Gedanken beschäftigt, daß es vergaß, das Säbelbein zu schwingen und beinah hinkte.

Ein paar Tage später bekam Frau von B. einen Ausschlag auf der rechten Hand, der bis zum Ellenbogen hinauflief und längere Zeit nicht weichen wollte. Sie trug die Hand verbunden, aber das Männchen fragte nicht ein einziges Mal, was ihr fehle. Frau von B. war an diesem Tage ganz verstört und erzählte uns, sie habe geträumt, sie müsse das polierte Männchen heiraten. Es habe gekichert und ihr die Hand geben wollen, aber sie schlug danach, und dann merkte sie, daß das ganze Männchen aus Glas war, und in demselben Augenblick sei es klirrend zersprungen.

Wir waren schon soweit, daß wir uns von ihr anstecken ließen. Sie durfte nicht mehr neben ihm sitzen, vielleicht hätte sie sonst wieder einmal nach ihm geschlagen, und das Männchen ging wirklich vor unser aller Augen in Scherben oder ließ ihr zur Strafe die Hand verdorren. Der Armenier war auch dafür, daß sie einen anderen Platz bekam.

Wir betrachteten das Männchen noch argwöhnischer als vorher und grübelten heftiger über seine Beschaffenheit. Wir hatten einen Porträtmaler unter uns – er hieß Schmidt und kam auf den Gedanken, das Männchen zu einer Sitzung zu bewegen, er würde dabei schon eine Gelegenheit finden festzustellen, ob es aus demselben Material sei wie andere Menschen. Wir waren sehr gespannt auf das Resultat, aber als Schmidt wieder zu uns kam, war er ganz vernichtet und sagte, das Männchen möge malen, wer da wolle, er habe beinah den Verstand darüber verloren. Er hätte es mit den verschiedensten Stellungen und Beleuchtungen versucht, aber das Männchen habe so geglänzt, geblinkt, ja phosphoresziert, daß selbst, wenn er es ganz in den Schatten stellte, keine Möglichkeit war, auch nur eine Linie festzuhalten.

Er – Schmidt – wußte nicht, was er sagen sollte, um sich aus der Affäre zu ziehen und stammelte nur ganz verwirrte Entschuldigungen. Und das Männchen habe ihn tückisch angesehen, dann sein Taschentuch hervorgelangt und sei sich damit über die blanke Stirn gefahren. Wozu – wußte Schmidt nicht, aber er glaubte in diesem Augenblick, es würde plötzlich aufhören zu glänzen und war auf den schauderhaftesten Spuk gefaßt. Aber statt dessen hüpfte es nur von dem Podium herunter, griff nach seinem Hut und sagte beflissen einmal über das andere: »Also dann ein anderes Mal, Herr Schmidt – ein anderes Mal, Herr Schmidt.« – Schließlich verschwand es mit einem so furchtbaren Gekicher, daß es ihm immer noch in den Ohren klang.

Schmidt war ganz außer sich, wir hatten ihn noch nie so gesehen, und als dann das polierte Männchen in das Café trat, riß er seinen Hut von der Wand und rannte fort.

Wir konnten alle nicht mehr. Den Armenier hatten wir in das Geheimnis gezogen, er gehörte jetzt ganz zu uns, machte alles mit durch. Manchmal saß er stundenlang schweigend da und spielte mit einem kleinen Rosenkranz aus dicken gelben Bernsteinperlen, den er immer bei sich hatte, und eines Tages hob er seine dunklen Augen auf und meinte, das Säbelbein habe einen Pferdefuß, er sei neulich ein Stück hinter dem polierten Männchen hergegangen und habe sich über die sonderbaren Fußspuren gewundert, die es hinterlassen.

Wir konnten uns nicht recht entschließen, daran zu glauben, aber darin waren wir uns einig: irgend etwas mußte geschehen, um der Sache ein Ende zu machen und das polierte Männchen loszuwerden. Aber ob das überhaupt noch möglich war? Es war allmählich, ohne daß wir es wollten, der Sammelpunkt all unserer Gedanken geworden, bestimmte unser ganzes Leben. Gingen wir aus, so war unser einziger Gedanke, ob wir es treffen würden, und saß es bei uns, so beschäftigte es uns ausschließlich. Frau von B. litt unter den abscheulichsten Träumen. Sie war manchmal in momentaner Geldverlegenheit, und bei einem solchen Anlaß zitierte das polierte Männchen verschiedene Möglichkeiten, wie man sich Geld beschaffen könne. Zum Schluß sagte es scherzend:

»Wenden Sie sich doch an den jungen Engländer, der über Ihnen wohnt – der hat genug.« – Der junge Engländer war übrigens ein reizender Mensch, wir hatten ein paarmal mit ihm Tennis gespielt. Wie immer, wenn das Männchen dabei war, warf man sich aus Nervosität förmlich in die Unterhaltung hinein, dehnte sie, reckte sie und spann sie nach allen Seiten aus, bis man sich ganz zerrieben und zerfasert vorkam. So gerieten wir auch diesmal in ein endloses Geldgespräch, sprachen über Wucher, Wechselfälschungen, Hochstapelei, Spielbanken und so weiter.

Am nächsten Morgen erzählte uns Frau von B., daß sie geträumt habe, der schöne Armenier läge schlafend auf einer Bank, und sie wußte, daß er eine Brieftasche mit Banknoten in der Brusttasche trug. Plötzlich stand das polierte Männchen neben ihr und rief mit gellender Stimme: »Aber so fleddern Sie doch – fleddern Sie doch!«

Ihr graute jetzt geradezu vor dem Männchen, und sie konnte es nicht lassen, immer wieder vor sich hinzumurmeln: »Fleddern Sie doch – fleddern Sie doch«, und dann das schrille Kichern nachzuahmen.

Dabei schien sie ganz abwesend und sah starr in die Kaffeetasse hinein. Wir saßen beim ersten Frühstück, es war ungewöhnlich still, nur in der Halle unter dem Personal schien Unruhe zu herrschen. Die Kellner liefen hin und her, der Liftboy sah verweint aus – wir nannten ihn übrigens nur so, denn es gab keinen Lift in unserem Hotel – und der Portier sprach leise und angelegentlich mit dem Wirt. Wir erfuhren dann, während wir noch am Tisch saßen, daß der junge Engländer sich heute nacht erschossen habe.

Frau von B. stellte ihre Tasse hin, daß es klirrte und der Löffel auf die Erde fiel: »Um Gottes willen – das polierte Männchen ist sicher ein Leichenfledderer!« – Sie schwieg einen Augenblick und sagte dann sehr nachdenklich:

»Was ist eigentlich ein Leichenfledderer? – Ich kenne nur das Wort, und als Kind habe ich mir immer eine Art von schauerlichen Fledermäusen darunter vorgestellt.«

Uns allen schwirrte es im Kopf – der junge Engländer, der gestern noch mit uns am Tisch gesessen und sich dann erschossen hatte, kein Mensch wußte warum – das Geldgespräch nachts im Café – Frau von B.s Traum – Leichenfledderer – Fledermäuse – das polierte Männchen. – Jeder sagte irgend etwas und jeder sagte aboluten Unsinn – keiner verstand, was der andere meinte. Es war, als ob irgendein rächender Gott plötzlich unsere Sinne verwirrt hätte. Der Anblick des polierten Männchens, das sich geschäftig und behende durch die Halle auf uns zuschwang, wirkte wohl zum erstenmal beinah erlösend auf uns. Es war sorgfältig und elegant in tiefes Schwarz gekleidet und hatte einen Trauerflor um den Zylinder. – Darin erinnerte es geradezu an den Teufel im Peter Schlehmil; es gab keine noch so unerwartete Gelegenheit, wo es nicht mit allem Erforderlichen ausgerüstet war. Sicher führte es auch beständig einen Trauerflor bei sich; denn unmöglich konnte es ihn heute schon gekauft haben – vor knapp 3/4 Stunden hatte man den Engländer tot gefunden – und wo sollte man hier überhaupt einen Trauerflor kaufen?

Wir waren sonst nie sehr höflich gegen das Männchen und blieben ruhig sitzen, wenn es sich zu uns gesellte, aber heute erhoben wir uns alle wie auf Kommando von unseren Plätzen, als wollten wir ihm eine Ovation bereiten. Wir empfanden auch sicher etwas Ähnliches, erkannten ihn als unseren Herrn und Meister an und unterwarfen uns. Er war stärker als wir.

Aber nun geschah etwas Merkwürdiges: Das polierte Männchen verlor zum erstenmal, seit wir es kannten, die Fassung, sah ratlos von einem zum andern, tat mit dem nur krummen Bein einen Schritt vorwärts, vergaß aber die Schwingungen mit dem Säbelbein, hakte die goldene Brille fester hinter die Ohren, fuhr dann blitzschnell mit der Hand in die Tasche und mit einem langen seidenen Taschentuch wieder heraus und über die spiegelblanke Stirn. Schmidt schrie laut auf und starrte ihn mit einem brechenden Blick an, dann stürzte er aus dem Zimmer wie von einer Tarantel gestochen. Und jetzt erst fingen wir an zu begreifen, was geschehen war: daß der junge Engländer sich erschossen, daß Frau von B. uns einen abscheulichen Traum erzählt hatte und daß Schmidt am Rande des Wahnsinns war; begriffen, daß wir hier in einer kleinen orientalischen Stadt saßen und dieses polierte Männchen da uns völlig beherrschte und in seiner Gewalt hatte.

Frau von B. war die erste, die sich wieder setzte: »Fleddern Sie doch, fleddern Sie doch«, murmelte sie vor sich hin. Dann schlug sie beide Hände vors Gesicht, senkte den Kopf bis auf den Tisch nieder, richtete sich wieder auf, warf sich hintenüber und brach in ein unerhörtes, schallendes, höhnisches und verzweifeltes Gelächter aus.

Und wir anderen stimmten mit ein, fanden denselben Ton wie sie, lachten laut, schallend – höhnisch und verzweifelt.

Als wir wieder zur Besinnung kamen, standen der Wirt, der Portier, der verweinte Liftboy und die Kellner in der Tür und schienen uns aufmerksam zu beobachten. Das polierte Männchen war verschwunden. Unsere Phantasie war so erhitzt, daß einige von uns gesehen haben wollten, es habe sich am Säbelbein gepackt und in der Mitte durchgerissen wie Rumpelstilzchen.

Aber abends, als wir schon am Tisch saßen, ging die Tür auf, und das polierte Männchen kam herein, ganz wie sonst. Wir waren höchst erstaunt, daß es noch ganz war und achteten besonders auf das Säbelbein, aber es beschrieb genau die vorschriftsmäßige Wendung. Das Männchen schoß einen leeren flüchtigen Blick zu uns herüber, kicherte leise und grausig und begann dann mit gedämpfter Stimme von einem englischen Minister zu erzählen. Von dem Selbstmord war nicht mehr die Rede. Man hatte sich wohl geeinigt, nicht darüber zu sprechen. Der Oberkellner hielt sich auffallend viel in unserer Nähe auf. Uns war alles gleichgültig, wir fürchteten höchstens, daß Frau von B. wieder vom Fleddern anfangen würde. Aber sie sprach kein Wort und war sehr bleich.

Einen Tag später wurde der Engländer begraben, er hatte keine nachweisbaren Angehörigen gehabt und niemand war gekommen, so gingen wir alle mit. Nur das polierte Männchen fehlte. Wir hatten es inzwischen nicht gesehen und nahmen an, daß es sich vielleicht doch noch selbst durchgerissen habe.

Man begrub ihn – den Engländer – auf dem armenischen Friedhof. Vayanni Bey hatte alles in die Hand genommen. Da der Geistliche nicht Englisch konnte, hielt Vayanni eine kleine Ansprache auf französisch. Wir legten Kränze aus Lorbeer und Granatblüten auf das Grab, und da wir nicht wußten, was man sonst noch tun könnte, ließen wir es dabei bewenden.

Dann saßen wir die ganze Nacht zusammen auf. Eigentlich warteten wir nur darauf, daß das polierte Männchen kommen und sich wieder zu uns setzen würde. Und wenn es jetzt hereintrat, glatt, rosig und spiegelblank – was würde dann wohl geschehen? Der Rittmeister fühlte nach seiner Brusttasche, und wir hätten uns nicht gewundert, wenn er es dann niedergestochen hätte, ohne jeden Grund, denn eigentlich lag ja gar nichts gegen das Männchen vor.

So saßen wir in dumpfer Spannung, warteten und sehnten uns nach einer Katastrophe.

Aber das polierte Männchen ließ sich nicht sehen. Wir blieben die ganze Nacht zusammen, aber es kam nicht. Dann schliefen wir bis zum Abend. Einer nach dem anderen kam in die Halle hinunter, übernächtig und als ob er jetzt den letzten Zusammenhang mit der Welt und seinem Dasein verloren habe. Frau von B. ließ sich nicht sehen. Wir wollten sie nicht stören und gingen ohne sie fort.

Am nächsten Morgen teilte man uns mit, daß sie verschwunden sei. Kein Mensch wußte oder ahnte etwas Näheres. War sie abgereist, ohne uns ein Wort zu sagen – – – war sie verunglückt? Hatte sie sich am Ende selbst das Leben genommen, wie der kleine Engländer, oder was war geschehen? Wir suchten ganz betäubt, die banalsten Lösungen zu finden und für wahrscheinlich zu halten – – aber dann sahen wir uns wieder in kaltem Entsetzen an und dachten an das polierte Männchen.

Der Rittmeister reckte sich in seiner ganzen Höhe empor und schwur, es solle ihm Rede stehn, und habe es irgendwie seine Hand im Spiel, so wolle er es kaltmachen, einerlei, was für Folgen daraus entständen. Der schöne Armenier, den es doch am nächsten anging, war wie versteinert, er ging mit verschränkten Armen auf und ab und sah uns aus seinen dunklen Augen so völlig ratlos an, daß wir nicht wußten, was wir mit ihm anfangen sollten. Er wußte offenbar, ebenso wie wir, nicht den leisesten Anhaltspunkt zu finden. Es kam uns jetzt erst zum Bewußtsein, daß wir das Männchen in den letzten Tagen gar nicht mehr gesehen hatten. Auch an der Abendtafel hatte es gefehlt, aber niemand von den anderen Leuten schien darauf geachtet zu haben. Es war ja immer nur vorhanden, wenn man es sah und hörte, seine Existenz erlosch mit seiner Abwesenheit.

Wir gingen und suchten genauso wie wir damals gegangen waren und den Mann mit der Eisenstange gesucht hatten. Den hatten wir nicht gefunden, und wir fanden auch das polierte Männchen nicht. Niemand konnte uns etwas darüber sagen, wo es geblieben sei.

Vayanni Bey wollte sich nicht daran beteiligen – er schien von vornherein überzeugt, daß es zwecklos sei – und saß in stummem Brüten vor den kleinen Caféhäusern und spielte mit seinem Rosenkranz.

So verging Tag auf Tag. Wir suchten und suchten. Immer wieder meinten wir, das polierte Männchen müsse auf einmal wieder zur Tür hereinkommen, und manchmal fuhren wir zusammen und meinten sein grauenhaftes Kichern zu hören. Aber Frau von B. war und blieb verschwunden, und auch das polierte Männchen kam nie wieder zum Vorschein.

Der Herr Fischötter

Es war in einem Seebad – wir amüsierten uns ausnahmsweise wirklich gut und hatten uns unter anderem mit einem Rechtsanwalt befreundet, den wir sehr schätzten. Er hieß Berger und war ein angenehmer Gesellschafter, nur hatte er einige Sonderbarkeiten, die man sich nicht recht zu erklären wußte. Zum Beispiel, wenn wir alle zusammen baden gingen, uns stundenlang im Wasser und am Strande ergötzten oder müde und gesprächig in der Sonne lagen, tat er niemals mit, sondern verschwand, sowie nur davon die Rede war. Und es war auffallend, wie er jedesmal zusammenfuhr, wenn von Baden, Wasser, Schwimmen und dergleichen gesprochen wurde. Überhaupt litt er manchmal an scheinbar völlig unmotivierten Depressionszuständen, und es war dann nichts mit ihm anzufangen. Sein offenes, heiteres Wesen verkehrte sich ohne jeden Übergang in düstere Verschlossenheit, so daß keiner von uns sich getraut hätte, teilnehmende oder persönliche Fragen an ihn zu richten.

Waren wir unter uns, so unterhielten wir uns des öfteren darüber und konnten nicht aus ihm klug werden. Vor allem seine rätselhafte Wasserscheu blieb uns unbegreiflich. Daß es ihm an Mut fehlte, war wohl ausgeschlossen, daß er nicht schwimmen konnte und sich zu blamieren fürchtete, sehr unwahrscheinlich. Er hätte es dann ja auch lernen können. – Oder sollte es am Ende Prüderie sein? Vielleicht nahm er Ärgernis an unserem zwanglosen Treiben, umging es daran teilzunehmen und badete heimlich alleine.

Wir versuchten nun in dieser Richtung Beobachtungen anzustellen, benahmen uns, wenn der Rechtsanwalt zugegen war, noch zwangloser als sonst. Die Unterhaltung gestaltete sich immer frivoler, es wurde kokettiert und geliebelt, pikante Anekdoten erzählt, kurz, der ganze Ton kam bedenklich herunter. Bei unseren Spaziergängen veranstalteten wir gemeinsame Luftbäder auf Waldwiesen – aber der Rechtsanwalt machte alles fröhlich und unbefangen mit und genoß es sichtlich, sich in einem Milieu zu bewegen, das raffinierte Kultur atmete und doch von jeder Konvention frei war. Nur wenn vom Baden die Rede war, zog er sich nach wie vor verstimmt zurück.

Kurz, unsere Methode blieb ganz ohne Erfolg, wir gaben es auf und trösteten uns damit, daß sein Seelenleben uns ja eigentlich gar nichts anging und für unsere freundschaftlichen Beziehungen ganz unwesentlich war. Wir ließen den schlechten Ton wieder fahren und milderten unser Benehmen auf seine ursprüngliche Dezenz zurück. Der Rechtsanwalt schien es zu bedauern, fügte sich aber darein. Das Leben ging seinen Gang, und die Hochsommerhitze schläferte unser Interesse für diese Fragen immer mehr ein.

Aber dann geschah es, daß wir an einem schwülen Augustabend in einer kleinen Gastwirtschaft saßen. Wir führten ziemlich langweilige und matte Gespräche – da kam ein alter Förster, den wir kannten, durch den Garten, blieb an unserem Tisch stehen und erzählte, ihm sei heute ein seltenes Wild vor die Flinte gekommen. Um uns liebenswürdig zu zeigen, heuchelten wir lebhafte Neugier. – Er warf seinen schweren Rucksack auf einen Stuhl, knüpfte ihn auf und der runde Kopf eines ansehnlichen Fischotters kam zum Vorschein. Wir bewunderten ihn und machten dem Alten Komplimente, obgleich wir keinen rechten Begriff von dem Wert, der Seltenheit, ja überhaupt von dem Vorhandensein dieses Tieres in der Naturgeschichte hatten. Dann bemerkten wir, daß der Rechtsanwalt den Otter geradezu entsetzt anstarrte und lachten darüber, aber das Lachen verging uns, als er von seinem Platz auffuhr und den Förster mit fürchterlicher Stimme anschrie: »Fort damit – schaffen Sie ihn weg – der verfluchte Kerl ist an allem schuld.«

Es folgte eine peinliche Szene, um so peinlicher, als keiner von den Anwesenden ahnte, was es zu bedeuten habe und man sich deshalb jeder Einmischung enthalten mußte.

Der würdige Förster war einen Moment sprachlos, als der elegante Herr im Tennisanzug so auf ihn losfuhr, dann beschuldigte er ihn in bitteren Worten des Wahnsinns, und als der Rechtsanwalt erregt antwortete: noch sei er bei klarem Verstand, aber wenn man die verfluchte Bestie nicht rasch fortschaffe, stehe er für nichts ein – da maß der alte Mann ihn mit einem prüfenden Blick, wich einen Schritt zurück und sagte langsam: »Jetzt erkenne ich Sie – was hat das unschuldige Tier damit zu schaffen? – Sie waren es, der zum Unglück noch die Schuld fügt. – Unseliger Mensch – ich war dabei, wie man Ihr Opfer aus dem Walde trug. – Möge Gott Ihnen Frieden geben!«

Der Rechtsanwalt fuhr sich über die Stirn – durch die Haare – und wurde plötzlich ruhig, mehr wie ruhig, alles Leben war aus seinen Zügen gewichen. Dann sagte er mit sichtlicher Anstrengung: »Verzeihen Sie mir – Sie haben wohl recht – – ich bin manchmal halb von Sinnen. – Aber ich bitte Sie, schaffen Sie das Tier fort – – ich kann es nicht sehen.«

Er drückte dem Alten sichtlich erschüttert die Hand und wiederholte: »Verzeihen Sie mir!« – Der schüttelte den grauen Kopf, wünschte uns guten Abend und ging. Den toten Otter nahm er mit, und wir fühlten uns etwas erleichtert. Uns fing an vor ihm zu grauen, wie ein Unhold aus dem Märchen hatte er dagelegen und uns aus seinen halboffenen, verglasten Augen angesehen, während die beiden Männer sich gegenüberstanden und von furchtbaren Dingen redeten.

Berger setzte sich, er zitterte an allen Gliedern, und es dauerte eine Weile, bis er sich wieder gefaßt hatte. Verstört sah er sich dann im Kreise um und sagte: »Ich muß auch Sie alle um Verzeihung bitten, meine lieben Freunde, aber vielleicht weiß einer oder der andere von Ihnen aus eigener Erfahrung, daß es Momente gibt, wo einem die Sache über den Kopf wächst und man seiner selbst nicht mehr Herr ist. – Ja, und nach diesem bedauerlichen Auftritt bin ich Ihnen wohl eine Erklärung schuldig. Sie möchten nach den Worten des Alten sonst wohl den Verdacht hegen, daß ein Mörder und Verbrecher unter Ihnen weilt – –«

Hier brach er ab und verfiel wieder in dumpfes Sinnen: »Mörder – o lächerlich – es war mein gutes Recht – einer von uns mußte fort – und der Verbrecher war er – aber muß er denn immer wieder kommen und mich mit seinen schrecklichen Augen ansehen?«

Er stand noch einmal auf, ging ein paar Minuten auf und ab, schob den Stuhl fort, auf dem der Otter gelegen hatte und erzählte uns dann seine Geschichte.

Vor einigen Jahren hatte er schon einen Sommer hier zugebracht, mit einem Mädchen, das er grenzenlos und leidenschaftlich liebte und mit dem er sich nach Ablauf der Saison zu verloben gedachte.

Ein Geschöpf von seltenem Liebreiz war sie gewesen und die langen Sommermonate so still, glühend und heiter, daß er wie in einem unwahrscheinlichen Glückstraum zu leben meinte.

Den größten Teil des Tages brachten sie am Strande zu. Er selbst war nur ein mäßiger Schwimmer, da er gerade zu diesem Sport in seiner Jugend wenig Gelegenheit gehabt. Das Mädchen dagegen – sie hieß Alwine – schien mit dem Wasser und mit allen Schwimmkünsten so vertraut, daß man hätte glauben können, es sei ihr eigentliches Element, in dem sie geboren und aufgewachsen war. Die leidenschaftliche Liebe, mit der sie dem Meer zugetan war, konnte ihn manchmal fast beunruhigen. Wenn die sonst so Ruhige und Besonnene lachend und jubelnd in den Wellen auf und nieder tauchte, überkam ihn ein Gefühl, das der Eifersucht verwandt war – als gäbe es noch etwas in ihrem Wesen, woran er nicht teilhaben konnte. Sie sagte auch selbst, ihr sei im Wasser zumut, als ob sie sich in einem fremden Dasein herumtreibe, das mit ihrem sonstigen Leben gar nichts gemein habe.

Dann kam ein fremder Herr in den Badeort. Am Morgen nach seiner Ankunft waren sie unangenehm überrascht, als der neue Gast am Strande erschien. Aber er hielt sich in diskreter Ferne, schwamm weit hinaus, so weit, daß man sich leise beunruhigt fühlte, kehrte jedoch wohlbehalten zurück und unternahm wohl eine Fußtour, denn sie bekamen ihn den ganzen Tag nicht mehr zu Gesicht. Am nächsten Morgen war er wieder da, sie sahen ihn in einer nahen Badehütte verschwinden, und bald darauf schwamm er hinaus, kehrte wieder um und näherte sich dem Platz, wo die beiden Liebenden zu baden pflegten. Das Mädchen war schon eine Zeitlang im Wasser, während der Rechtsanwalt sich noch nicht entschließen mochte, sondern im Sande lag, ihr nachsah und überlegte, was zu tun sei, um jedem Bekanntwerden mit diesem Fremden auszuweichen. Er rief Alwine zu, sie möge nicht so weit hinausgehen, aber sie hörte es wohl nicht mehr, sie trieb auf dem Rücken, schaute in den blauen Sommerhimmel hinauf und lebte ganz in ihrer fernen Wasserwelt. Der Fremde schwamm auf eine sonderbare Weise, bald geradeaus und auf dem Rücken, bald warf er sich auf die Seite, daß das Wasser aufspritzte und sein Kopf bei jedem Stoß emporfuhr und er so eine Art Halbkreis beschrieb, dann wieder tauchte er unter, tauchte unwahrscheinlich lange und kam eine ganze Strecke weiter wieder zum Vorschein. Jedenfalls war er ein ausgezeichneter Schwimmer, und der Rechtsanwalt fühlte etwas wie Neid. Er stand auf, begab sich nun ebenfalls ins Wasser und suchte Alwine einzuholen. Als er noch ungefähr zehn Schritte von ihr entfernt war, drehte sie sich auf die Seite und wandte den Kopf nach dem Fremden, der immer näher kam. Gleichzeitig tauchte dieser unter und dicht vor dem Mädchen wieder empor – deutlich sah man seinen runden, auffallend runden, glattgeschorenen Kopf mit den kreisförmigen, etwas trüben Augen. Der Kopf machte eine Art Verbeugung, und der fremde Herr sagte höflich und reserviert: »Gestatten Gnädige – mein Name ist Fischötter.«

Und Alwine – sie wurde leichenblaß und schrie so grauenhaft, wie er noch nie einen Menschen hatte schreien hören, schlug um sich, daß die nassen Arme in der Sonne funkelten und schwamm in rasender Eile davon. Sie mochte den Fremden mit dem runden Kopf und dem sinnlosen Namen wohl für einen Spuk gehalten haben und wollte ihm entfliehen.

Der Rechtsanwalt nahm alle seine Kräfte zusammen, und der Fischötter schoß neben ihm dahin wie ein Pfeil, aber als sie noch ein gutes Stück von ihr entfernt waren, schrie sie wiederum auf, reckte sich noch einmal empor und versank vor ihren Augen.

Rascher wie er war der andere zur Stelle, aber Alwine kam nicht mehr zum Vorschein. Inzwischen waren Leute, die am Ufer standen, aufmerksam geworden, Berger winkte ihnen und sie ruderten rasch mit einem Boot heran. Der Fischötter schwamm immer wieder im Kreise um die Stelle herum, wo das Mädchen versunken war, tauchte wiederholt und brachte endlich den leblosen Körper an die Oberfläche. Man hob ihn in das Boot, und die erschöpften Schwimmer stiegen ebenfalls ein.

Keiner sprach ein Wort. Der Rechtsanwalt war wie betäubt vor Qual und Entsetzen, und der Fischötter saß ebenfalls stumm da. Von seinem runden Kopf rannen die Wassertropfen, und die glasigen, runden Augen blickten in hilflosem Schrecken bald auf das Mädchen, bald auf ihren Geliebten. Er mußte wohl dunkel fühlen, daß er allein die Schuld an dem Unglück trug, aber er konnte es nicht fassen, wußte es sich in keiner Weise zu erklären. Er hatte seine Künste produziert, sich einer schwimmenden Dame vorgestellt, und die Dame war ertrunken. Aber warum und weshalb?

Der Rechtsanwalt aber fühlte einen wahnwitzigen Groll in sich aufsteigen gegen diese elende Kreatur, die ihn um sein Liebstes gebracht. Erst in dieser schrecklichen Stunde ging ihm das volle Verständnis für die seltsame Empfindungswelt seines Mädchens auf, von der sie ihm so oft gesprochen. – Wäre der Herr Fischötter ihr am Festlande oder im Salon begegnet, so hätte sie vielleicht Vergnügen an ihm gefunden – so aber mußte sie elend durch ihn zugrunde gehen. Und Berger selbst fing allmählich an, ihn für eine Spukgestalt zu halten, wie er triefend, blaß und glasäugig neben der Leiche saß, einem Ungeheuer gleich, das seine Beute bewacht.

Am Ufer angelangt, erwachte er wieder zum Bewußtsein der Wirklichkeit, ordnete rasch an, daß man Alwine in das Hotel tragen und einen Arzt rufen solle. Vielleicht, mein Gott, vielleicht war ja noch Hoffnung.

Dann wandte er sich nach dem Fremden um, der immer noch wortlos, triefend und devot dastand, und sagte kurz: »Ich werde Ihnen heute noch meinen Sekundanten schicken – mein Name ist Doktor Berger.« – Und bestürzt murmelte der andere: »Gestatten Sie, mein Name ist –« Fischötter, wollte er murmeln, aber das Wort erstarb ihm auf den Lippen, denn Doktor Berger herrschte ihn mit furchtbarer Stimme an: »Halten Sie ein – kein Wort mehr – nie wieder!«

Damit ließ er ihn stehen und eilte in das Hotel.

Alle Wiederbelebungsversuche waren umsonst – die Geliebte war tot und sein Lebensglück vernichtet.

Am nächsten Morgen wurde das Duell ausgetragen. Dumpf, verstört, halb fühllos von all dem Jammer und von der durchwachten Nacht kam er zum Rendezvous. Als er seinen Gegner vor sich sah – angekleidet, korrekt und in tadelloser Haltung, mußte er sich einen Augenblick besinnen, was das alles heißen sollte und was dieser Mensch ihm eigentlich angetan habe. Und schon war er nahe daran, ihm die Hand zu reichen und zu sagen: »Gehen Sie in Gottes Namen Ihrer Wege!« – Aber als dann der andere sich nochmals vorstellen wollte und mit etwas belegter Stimme begann: »Gestatten Sie

– mein Name ist –« – da erfaßte ihn eine Art Raserei, und er schrie ihm entgegen: »Sie oder ich – für uns beide ist nicht Platz auf dieser Welt.«

Der Fischötter ergab sich blind und unterwürfig in sein Schicksal, er hatte seit den gestrigen Ereignissen überhaupt nicht den leisesten Versuch gemacht, sich ihm zu entziehen. Warum er so handelte, ist immer ein Rätsel geblieben.

Stumm wie ein wehrloses Wild stand er da, und zehn Minuten später lag er blutend auf dem grünen Waldboden. Berger aber wußte selber kaum, wie ihm zumute war, er begriff weder sich selbst noch den anderen. Doch wollte er den Brauch nicht verletzen und trat auf den Sterbenden zu, um ihm noch einmal die Hand zu geben, aber als er den runden, glatten Kopf dicht vor sich sah und die kreisförmigen, brechenden Augen ihn trübe und vorwurfsvoll anblickten – da vermochte er es nicht, sondern blieb schaudernd und unschlüssig stehen, bis der alte Förster mit seinen Gehilfen kam und den toten Fischötter forttrug.

Der Erzähler schwieg, und auch wir wußten unsere Teilnahme nur durch tiefes Stillschweigen zu bekunden. Nach einer Weile erhob er sich dann und äußerte, er wolle uns jetzt gleich Lebewohl sagen, denn er gedenke morgen abzureisen. Über drei Jahre habe er schwer mit sich gerungen, um dieser Erinnerung Herr zu werden – immer und überall hätten ihn die brechenden Glasaugen jenes Unglücklichen verfolgt, und in diesem Sommer habe er sich dann entschlossen, wieder hierher zu kommen – in der unsinnigen Hoffnung, daß angesichts der nüchternen Tageswirklichkeit das Phantom entweichen möge. Ja, und in unserem Kreise sei ihm so wohl gewesen, daß er wirklich neuen Lebensmut gewonnen habe. Aber nun sei selbst in unserer Mitte der unselige Fischötter in Gestalt eines scheinbar zufällig erlegten Wildes wieder auferstanden, und nun müßten wohl auch wir empfinden, daß unser Verkehr für alle Zeit zerstört sei. Nie wieder würden wir wie bisher in harmloser Fröhlichkeit beisammen sitzen können, ohne mit ihm an das tote Tier und an den toten Herrn Fischötter mit den glasigen, gebrochenen Augen zu denken.

Wir wußten nichts darauf zu erwidern, wir fühlten, daß er wohl recht hatte und daß auch unsres Bleibens hier nicht mehr lange sein würde. So schüttelten wir ihm bewegt die Hand und sahen ihm nach, wie er müde und gebeugt durch den dunklen Wald davon schritt.

Spiritismus

Wir saßen in einer Bar und warteten, bis es Zeit war. Um elf Uhr sollte die Séance anfangen. Uns war etwas beklommen zumut, denn der Spiritismus lag uns nicht recht, aber wir waren nun einmal hineingeraten und wußten uns nicht mehr aus der Affäre zu ziehen.

Leonore war an dem ganzen Unheil schuld. Sie hatte seit einiger Zeit eine ausgesprochene Vorliebe für Russen, und wir mußten überall mit ihr hingehen, wo es etwas Russisches gab – zu russischen Bällen, Neujahrsfesten und jetzt neuerdings in eine russische Spiritistengesellschaft, die weit draußen in der Vorstadt ihre Sitzungen hielt.

Es kostete jedesmal viele Überwindungen, um dorthin zu gelangen. Gleich nach dem Abendessen war es zu früh, so traf man sich in einem Lokal, fing an zu trinken und hatte keine Lust mehr aufzubrechen. Dann war es plötzlich so spät, daß wir zwei oder drei Autos nehmen mußten. Die Sache wurde dadurch etwas kostspielig, und wir hofften von Tag zu Tag, daß Leonorens Russenpassion sich bald wieder legen möchte.

Es kam noch dazu, daß die Gesellschaft an unseren Spiritismus glaubte und unsere okkulten Fähigkeiten zu hoch einschätzte. Oder geschah es nur aus Höflichkeit, daß der »Geist«, den man beschwor, sich lebhaft für unsere Angelegenheiten und Personalien interessierte, jeden Augenblick einem von uns irgendwelche belanglosen Dinge mitteilen ließ, kurz, sich allem Anschein nach mit uns in Beziehung zu setzen wünschte. Natürlich saßen wir dann wie auf Kohlen, denn wir wußten nicht, wie man sich in solchen Fällen zu benehmen hat. Leonore konnte uns nicht darüber belehren, denn sie wußte es auch nicht, aber sie verstand es wenigstens, im gegebenen Moment das richtige Gesicht zu machen und dadurch über den Mangel an innerer Beteiligung hinwegzutäuschen.

Gerade an diesem Tage wollten wir uns dagegen auflehnen. Wir sehnten uns allmählich danach, irgend etwas anderes zu unternehmen. Theater, Konzerte, Varieté – alles das war uns fremd geworden, seit wir in Spiritismus machten, und es mußte eine Erlösung bedeuten, einmal, wenn auch nur ein einziges Mal die Séance zu versäumen, an der Autohaltestelle vorbeizugehen, in die Stadt hinein.

Aber dann kam Leonore – als letzte – und sie wurde blaß vor Erregung, als sie unsere Absichten erriet. Heute? – nein, heute sei es ganz unmöglich, wir müßten gehen! Der Vorsitzende des Spiritistenklubs war am Nachmittag extra in ihre Wohnung gekommen. Da sie gerade abwesend war, wurde er von ihrer Tante empfangen und wiederholte ihr dringlich einmal über das andere: »Leonore kommen – Geist hat gesagt.«

– Er konnte kaum drei Worte deutsch, und die Tante war in nicht geringer Aufregung, was es mit diesem bleichen Menschen und seiner Botschaft für eine Bewandtnis haben möge. Vom Spiritismus und der Russenpassion wußte sie nichts. Sie, Leonore, mußte also heute auf jeden Fall hingehen, und wir gaben nach, hatten aber trotzdem Mühe, sie zu beruhigen. Außer der Sorge um ihre Russen hatte sie Angst, die Tante möchte auf schlimme Vermutungen gekommen sein und anfangen, den Irrwegen ihres Lebens nachzuspüren.

Man brach auf. Leonore stürzte wie immer an das Telephon und besprach sich mit einem ihrer Freunde, den wir nur dem Namen nach kannten. Er war ausnahmsweise kein Russe. Aber es schienen auch hier Schwierigkeiten vorzuliegen, und das Gespräch dauerte endlos lange. Wir standen alle daneben, denn Leonore hatte keine Geheimnisse vor uns, und wir waren es gewöhnt, daß sie ihr halbes Leben am Telephon zubrachte.

Als wir dann glücklich draußen in der Vorstadt anlangten und die vielen Treppen hinaufgeklettert waren, fanden wir die Russen schon vollzählig versammelt. Der Vorsitzende empfing uns mit ausgesuchter Höflichkeit und Leonore mit einem tiefen Blick, dankte ihr, daß sie gekommen sei und überließ uns dann einem jungen Mann, der gut deutsch sprach. Der junge Mann zog uns beiseite in eine Fensternische und erklärte uns folgendes: – der heutige Abend verspreche sehr interessant zu werden, und es werde sich um eine merkwürdige Sache handeln. Man erwarte eine Dame, die Hauswirtin von zwei guten Bekannten. Sie habe traurige Familienerlebnisse gehabt, über denen ein unaufgeklärtes Geheimnis walte und sei nun durch ihre beiden Zimmerherren zu der Überzeugung gelangt, daß

jenes geheimnisvolle Dunkel vielleicht durch okkulte Kräfte aufzu-
hellen sei. Gestern schon hätten sie eine außerordentliche Séance
abgehalten, aber leider ohne Resultat. Einer nach dem anderen habe
sich als Medium versucht, aber der Geist äußerte nur unverständli-
che Dinge, und das letzte, was er vernehmen ließ, deutete darauf
hin, daß er nur mit einem weiblichen Wesen Zwiesprache zu halten
wünschte.

Leonore warf uns einen Blick zu, jedem von uns einen Blick und
einen auf die Tür. Bei jedem Blick wurden ihre Augen noch um
einen Schatten dunkler, nur, als sie die Tür ansah, leuchtete ein
matter Strahl in ihnen auf.

Der junge Mann schien nichts davon zu merken und fuhr in flie-
ßendem Deutsch fort: – ja, eine sehr merkwürdige Sache – die Dame
habe übrigens einen etwas auffallenden Namen, und er wolle uns
lieber gleich darauf vorbereiten, weil sonst bei der Vorstellung – –
dabei sah er uns prüfend an, besonders Leonore, die leicht in nervö-
se Heiterkeit verfiel, wenn ihr etwas komisch in die Ohren klang.

Wir erwiderten seinen Blick mit vollkommener Fassung – nun,
die Dame nenne sich Rabenschnabel – Frau Rabenschnabel – und
das sei so gekommen: – ihr verstorbener Mann, der Herr Rabenschnabel, war ein wunderlicher, grüblerischer Mensch gewesen, der
in jedem Zufall eine tiefere Bedeutung zu erkennen glaubte und
sich in allen seinen Handlungen dadurch bestimmen ließ. So verur-
sachte auch der Name, den er von seinen Vätern übernommen hatte, ihm vieles Kopfzerbrechen, und er fühlte sich gebunden, auch
diese Zufälligkeit irgendwie bestimmend auf sein Leben einwirken
zu lassen. Lange Zeit war er sich nicht recht klar darüber, wie das
geschehen könne, bis er auf den Gedanken verfiel, sich eine Le-
bensgefährtin zu suchen, in deren Persönlichkeit der dunkle, schar-
fe und hackende Klang des Namens Rabenschnabel zu bedeutsamer
Verwertung gelangte.

Das war keine leichte Aufgabe, und Herr Rabenschnabel war
schon ziemlich zu Jahren gekommen, als er – natürlich wieder
durch einen Zufall – die Frau kennenlernte, um die es sich für ihn
handelte – die Frau, die bis ins kleinste Detail so beschaffen war,
daß der Name Rabenschnabel ihr zukam wie eine gottgewollte
Bestimmung.

Er heiratete sie, und es schien, als ob damit sein Schicksal erfüllt wäre, denn kaum ein Jahr später kam er auf rätselhafte Weise ums Leben. Er machte eine harmlose Geschäftsreise und wurde in seinem Hotelzimmer erschossen aufgefunden. Neben dem Toten fand man einen Revolver, der ganze Befund ließ auf Selbstmord schließen, aber doch sprachen verschiedene Umstände dagegen. Vor allem, daß absolut kein Motiv vorlag – Herr Rabenschnabel war zeit seines Lebens ein unbescholtener und geordneter Mensch gewesen und hatte nach Aussage seiner sämtlichen Bekannten in glücklicher Ehe gelebt. Ferner wußte man, daß er am Tage seines Ablebens einen Brief mit mehreren Tausendmarkscheinen bei sich trug, und dieser Brief war verschwunden, während Uhr, Portemonnaie und andere Wertsachen sich unberührt bei ihm vorfanden.

Seitdem waren jetzt schon einige Jahre vergangen, und trotz allen Nachforschungen war es nie gelungen, den wahren Sachverhalt aufzuklären. Frau Rabenschnabel verzehrte sich in stillem Gram und hatte, wie schon bekannt, sich unter dem Einfluß ihres Zimmerherrn dem Spiritismus zugewandt – – –

Wir bemühten uns, Teilnahme und Interesse an den Tag zu legen – im Grunde schien es uns nicht sehr wesentlich. Da Herr Rabenschnabel längst unter der Erde lag, konnte es ja doch nicht mehr viel nützen. Wir aber lebten und konnten uns blamieren.

Mit Leonore war inzwischen eine Wandlung vorgegangen, ihre Blicke suchten nicht mehr die Tür, sondern die Russen, die auf der anderen Seite des geräumigen Zimmers in Gruppen beisammen standen. Dann lächelte sie spitzbübisch und sagte dem jungen Mann, sie müsse noch auf eine halbe Stunde fortgehen, komme aber bestimmt rechtzeitig wieder. Wir fühlten uns erleichtert, sie schien etwas ersonnen zu haben, um sich und uns aus der peinlichen Situation zu befreien. Aber der junge Mann bestand darauf, sie zu begleiten, und während noch darüber hin und her gestritten wurde, klopfte es an die Tür, und die erwartete Dame trat mit ihren beiden Zimmerherrn ein. Sie war kohlschwarz gekleidet, die Gestalt ziemlich klein, breit, knochig und mager, wie man es nur bei Frauen aus dem Mittelstande sieht. Auffallend war die vorspringende, nach unten scharf abgebogene Hakennase und die bohrenden schwarzgrauen Augen, die wie Vogelaugen keine wahrnehmbaren Lider zu haben schienen.

Sie warf rasch einige stechende Blicke auf die Versammlung und begann sich mit altfränkischen Verneigungen nach allen Seiten hin vorzustellen: »Habe die Ehre – Rabenschnabel – Frau Rabenschnabel – Rabenschnabel –.« Die Stimme fügte sich dem Ganzen aufs glücklichste ein, klang krächzend, knarrend, unheilverkündend, wie der Name selbst. Man war beim Anblick dieser Dame durchaus durchdrungen von dem Gefühl, daß nur sie und keine andere Frau Rabenschnabel sein konnte.

Und wie immer, wenn ein schicksalsmäßiges Geschehen sich mit eherner Notwendigkeit vollzieht – – man war überwältigt, stand wie angewurzelt, vermochte sich kaum zu rühren. Vor allem Leonore – als die Dame auf sie zutrat, mit den grauschwarzen, lidlosen Augen und der gebogenen Schnabelnase nach ihr hakte und heiser schnarrte: Rabenschnabel – Frau Rabenschnabel – stand sie da wie ein plötzlich zu Stein oder Eis erstarrtes Menschenbild, stammelte tonlos ihren Namen und schien nicht mehr zu wissen, wo sie war und was sich mit ihr begab. Sie sah die Russen nicht mehr, die bewundernd und liebevoll zu ihr hinüberäugten – sah uns nicht mehr, fühlte nicht, wie unsere Herzen ihretwegen fast hörbar schlugen, und hatte alle Fluchtgedanken wohl völlig vergessen. Denn als die Gesellschaft sich nun organisierte und verteilte, nahm sie ganz mechanisch ihren Platz ein.

Die Séance begann, und es ergab sich etwa folgendes Bild: Man ließ sich teils auf dem ungeheuren Diwan, teils auf dicht zusammengerückten Stühlen nieder und bildete eine Kette, indem man sich an den Händen faßte. Die Kette endete am Schreibtisch, und der am Schreibtisch saß, hatte Papier vor sich und einen Bleistift in der Hand, um niederzuschreiben, was der Geist sagen würde. Durch die Kette wurde er anscheinend mobil gemacht, denn wenn wir eine Zeitlang so zugebracht hatten, begann der am Schreibtisch ein heftiges, stoßartiges Schlagen mit Hand und Stift, und es entstand etwas Geschriebenes, das ziemlich merkwürdig aussah und aus dem ein anderer aus dem Kreise alle möglichen seltsamen Dinge vorzulesen wußte. Unsere Beteiligung hatte immer nur darin bestanden, die Kette mitzubilden, dem konvulsivischen Schreiber zuzusehen, zu hören, was vorgelesen wurde und gelegentlich eine treffende Bemerkung zu machen. Und das alles konnten wir ganz gut – wer der Geist eigentlich war, wo er war und weshalb man sich in dieser Weise mit ihm unterhielt, das hatten wir nie begriffen.

Frau Rabenschnabel saß auf einem alleinstehenden Sessel dicht bei dem Tisch, neben ihr die beiden Zimmerherrn.

Alles nahm seinen gewohnten Verlauf. Wir saßen ziemlich lange Hand in Hand, bis endlich das Medium anfing, mit seinem Bleistift zu zucken. Aber es schien etwas nicht zu stimmen, das Medium zuckte nicht gut und hielt jeden Augenblick inne. Der Geist war wohl nicht disponiert. Wir drückten uns immer inniger die Hände; Leonore, die zwischen zwei Russen saß, fand heute augenscheinlich kein besonderes Vergnügen daran, wie sie sonst wohl tat. Sie blieb völlig teilnahmslos und starrte wie hypnotisiert auf Frau Rabenschnabel, die sich gespannt, aber ruhig verhielt und nur manchmal mit einem scharfen Blick zu ihr hinüberstach.

Das Medium saß eine Zeitlang regungslos, zuckte dann kurz und entschlossen – der Bleistift zitterte über die Schreibfläche hin, blieb stehen wie ein Soldat und rührte sich nicht mehr. Einer der Herren, der das Geschriebene auszulegen pflegte, trat rasch hinzu, nahm das Blatt und hielt es empor, so daß wir alle lesen konnten, was darauf stand. Nur ein Wort, groß und deutlich: – Leonore!

Wir waren auf alles gefaßt – hätte sie sich gesträubt – wäre sie in Ohnmacht gefallen oder davon gelaufen, so wußten wir, was zu tun war – aber Leonore stand ruhig auf, wand ihre Hände aus denen der beiden jungen Russen, die neben ihr saßen, ging an den Schreibtisch und nahm den Bleistift.

Es war ein beklemmender Moment, dann aber erfüllte ihr Verhalten uns mit Staunen und Bewunderung, und wir begannen an ihre spiritistische Begabung zu glauben, von der bisher nur die Russen überzeugt waren.

Hochaufgerichtet saß sie da, starrte mit somnambulem Blick in die Luft und schien sich auf irgend etwas zu konzentrieren. Dann fing sie an zu zucken – zuckte, soweit wir es beurteilen konnten sehr gut, nämlich weit konvulsivischer und ausdrucksvoller wie alle bisherigen Medien. Nach der ersten Zeile brach der Bleistift ab.

Der Schriftdeuter, der sichtlich erregt neben ihr stand, reichte ihr einen neuen.

Dabei trat er etwas beiseite, und in diesem Augenblick nahmen wir mit Entsetzen wahr, daß dicht neben Leonore ein Tischtelefon stand. Dieser Umstand war uns bisher völlig entgangen – vielleicht war es auch früher noch nicht dagewesen – und erfüllte uns mit schwerer Besorgnis. Wir wußten nur allzugut, daß Leonore sich niemals im Bereich eines Telefons aufhalten konnte, ohne einen Teil ihrer Biographie in leidenschaftlichen Ferngesprächen abzuwickeln, und sobald sie dieser unseligen Neigung verfiel, alles andere – Zeit, Ort und jeweilige Umgebung – darüber vergaß und vernachlässigte.

Aber entweder stand sie so sehr unter dem Bann der Frau Rabenschnabel, deren Erscheinung offenbar starken Eindruck auf sie gemacht hatte – oder der Wunsch, die Russen und den »Geist« für sich einzunehmen, war stärker als die Versuchung – sie blieb ganz Medium – schrieb in großen fliegenden Buchstaben die ganze Seite herunter und stockte dann plötzlich. Der Schriftdeuter beugte sich über sie und las vor – alles horchte in atemloser Spannung.

Der Geist hatte klar und deutlich geredet, während er sich sonst meistens sehr gewunden und schwer verständlich ausdrückte. Er wußte ganz genau, wie alles zugegangen war – nein, Herr Rabenschnabel hatte nicht selbst Hand an sich gelegt, etwa in momentaner Geistesstörung, wie man damals angenommen hatte. Sein Verstand war hell und ungetrübt geblieben, bis zum letzten Augenblick. – Er war ermordet worden, einfach ermordet. Und der Brief mit den Tausendmarkscheinen – – Hier wurde die Vorlesung unterbrochen, denn Frau Rabenschnabel hatte angefangen laut zu schluchzen, ihr Blick umflorte sich, und man konnte jetzt sehen, daß sie doch Augenlider hatte, denn sie hoben und senkten sich ein paarmal in einem ruckartigen Tempo. Die Zimmerherrn suchten sie zu beruhigen, aber es war unmöglich. Sie schluchzte immer lauter und rief zwischendurch in weichen schnarrenden Tönen: »Rabenschnabel – Rabenschnabel – Richard – wo bist du? – wo ist der Brief? – Richard, der Brief – O mein Gott, sag doch nur ein Wort.«

Leonore schob den Vorleser sanft von sich fort und sagte dumpf und somnambul: »Er hatte den Brief in der Brusttasche – in der rechten Brusttasche.« –

»Richard« – schluchzte Frau Rabenschnabel wieder auf, – »wo ist er?«

»Er wird gleich da sein«, antwortete Leonore, »Sie können mit mir sprechen.« »Ruhe – Ruhe«, rief der Vorsitzende auf russisch, und die Zimmerherrn übersetzten es.

»Die Kette ist unterbrochen«, sagte Leonore mit fremder Stimme – »Sascha, Ihre Hand ist nicht da.«

Sascha saß mitten zwischen uns auf dem Diwan, er warf ihr einen heißen Blick zu, aber sie würdigte ihn keiner Beachtung, denn jetzt hatte sie das Tischtelefon entdeckt und war vollständig in seinen Anblick vertieft.

Wir atmeten schwer, denn wir ahnten dunkel, daß irgend etwas Unheilvolles geschehen könnte, hofften aber noch, wie man eben hofft, daß das Unentrinnbare dennoch vorübergehen möchte.

Frau Rabenschnabel hörte auf zu schluchzen, alles verhielt sich ruhig – eine ganze Weile. Leonore starrte immer noch das Telefon an und begann Nummern vor sich hinzumurmeln, während sie mechanisch mit dem Bleistift spielte.

Wir sahen mit Herzklopfen den Augenblick nahen, in dem sie nach dem Hörrohr greifen und den Spiritismus, die Russen, uns und sich selbst preisgeben würde. Aber sie rührte das Telefon nicht an, sie starrte nur darauf hin und sagte dann mit entrückter Stimme, wie jemand, der im Traum redet:

»Bitte 1366 – nein, es stimmt nicht – umgekehrt – – 6613 – – ja – kann ich Herrn Rabenschnabel sprechen? – es macht nichts – natürlich ist er ermordet worden – –« Es war totenstill im Zimmer. Und jetzt konnten auch wir nicht mehr an ihrem mediumistischen Zustand zweifeln. Sie hatte sich anscheinend wirklich mit dem Geist in Beziehung gesetzt.

Die Russen flüsterten von einem Phänomen ... Aller Augen hingen an Leonore, die völlig versunken vor dem Schreibtisch saß, den Kopf zwischen beiden Händen.

Frau Rabenschnabel richtete sich hoch empor und durchbohrte sie mit ihren Blicken. – Die Augenlider waren wieder ganz verschwunden. – Und Leonore schien es plötzlich zu fühlen, sie sah rasch auf, schrak zusammen und wurde verwirrt. Dann griff sie nach der Kurbel des Telefons wie nach einer Stütze – und jetzt war es zu spät –, sie drehte um und nahm das Hörrohr. Wer damals auf ihren Anruf geantwortet hat, war später nicht mehr in Erfahrung zu bringen, sie selbst wußte es auch nicht zu sagen. Ihr ganzes Sein konzentrierte sich in liebevoller Hingabe auf das Telefon und sie sprach leise, aber deutlich und vernehmbar vor sich hin:

»Ermordet worden – – ja, ich muß ihn unbedingt sprechen – – wo sind die Geldscheine – – Richard – halt – warte noch einen Augenblick – – du kannst sie mir nachher geben – – du, das ist eine verfluchte Geschichte! – ich fürchte mich vor ihr – sie schaut mich so unheimlich an – – leg den Schlüssel unters Gitter oder warte auf der Straße – – ja – natürlich – Rabenschnabel – Frau Rabenschnabel – um Gottes willen – was meinst du damit? – natürlich bleib ich bei dir – aber laß dich nur nicht wieder ermorden – – halt den Mörder fest, sonst sagt er es meiner Tante – – geh' nicht fort, Richard – ich bleibe ja bei dir – –«

Ein Aufschrei fuhr durch das Zimmer: »– Richard, das ist nicht wahr – das ist nicht wahr – sie lügt –« Vergebens mühten sich die Zimmerherrn, Frau Rabenschnabel zu beschwichtigen; der Vorsitzende, der Schriftdeuter, alle waren außer sich über die Unterbrechung, redeten wieder von einem Phänomen und gestikulierten wie Wahnsinnige. Aber Frau Rabenschnabel riß sich wild und eckig von ihren Zimmerherrn los, schoß auf Leonore zu, ihre Blicke stachen wie Messerspitzen, und ein Schwall von krächzenden, schnarrenden Zornesworten ergoß sich über das Mädchen. Was sie sagte, war kaum zu verstehen, aber es handelte sich um die Ehre des Hauses Rabenschnabel und um den Geist des Seligen, mit dem Leonore allem Anschein nach am Telefon einen Ehebruch zu inszenieren suchte.

Leonore hob den Kopf, sah sich verstört um, und ihr Blick fiel auf das zornsprühende Antlitz mit den schwärzlichen Rabenvogelaugen und der gespenstischen Hakennase, die schon in nächster Nähe auf sie einzuhacken drohte.

Das alles geschah so schnell, daß wir kaum begriffen, was vorging, bis Leonore wahrhaft markerschütternd aufschrie: »– Rabenschnabel – Frau Rabenschnabel – Richard –«, im nächsten Augenblick blaß, mit wirrem Haar und wirren Augen auf uns zustürzte, den Kopf an Saschas Brust barg, nach unseren Händen faßte und absolut nicht mehr zur Vernunft zu bringen war. Unter der übrigen Gesellschaft herrschte eine Art Panik, alles sprach und lärmte durcheinander, diskutierte, schien sich über das Phänomen, über Leonore, kurz, über alles zu streiten. Frau Rabenschnabel war verstummt, gänzlich verstummt. Ohne sich von uns zu verabschieden, schwankte sie, von ihren Zimmerherrn geleitet, hinaus. Es wurden noch viele Worte gemacht, Entschuldigungen und Bedauern geäußert, Hände geschüttelt, aber die Verständigung war so schwierig, daß wir nicht recht begriffen, wie die Russen sich zu dem Vorgefallenen verhielten und wie sie es aufgefaßt haben wollten. Nur Sascha war zurückgeblieben und hatte sich mit uns um Leonore bemüht, die blaß und matt auf dem Diwan lag und uns verwirrt anlächelte.

»Wir wollen jetzt gehen«, sagte sie schließlich – »bitte, telefoniert an Richard, daß er auf mich warten soll, ich kann es nicht selbst.«

Wir wußten, daß ihr Freund Richard hieß, aber keiner konnte sich entschließen, von hier aus zu telefonieren. Wir standen dem Spiritismus nicht mehr so skeptisch gegenüber wie früher und fürchteten, es möchte doch am Ende der selige Rabenschnabel auf unseren Anruf antworten. So zogen wir es vor, in unsere Bar zu gehen und einen Kellner an das Telefon zu schicken.

Als der wirkliche Richard eine Stunde später eilig und besorgt an unseren Tisch trat, wollte Leonore durchaus nichts von ihm wissen, sie sah ihn kaum an und schien ihn nicht mehr zu kennen. Und wir anderen, die ihn persönlich nicht kannten, wollten auch nichts von ihm wissen. Wir hielten ihn für einen Revenant und wollten uns erst bei dem Geist über ihn erkundigen, aber wie sollten wir jetzt die Verbindung mit ihm wiederherstellen?

Wir saßen noch lange beisammen, aber es kam weder ein Gespräch noch sonst etwas zustande. Wir starrten nur in unsere Gläser oder stierten uns mit somnambulen Blicken an, verneigten uns altfränkisch und eckig gegeneinander – nach links, nach rechts und über den Tisch hinüber –, dienerten unaufhörlich, nickten mit den Köpfen wie chinesische Porzellanfiguren und schnarrten in mechanischer Ergriffenheit: – Habe die Ehre – Rabenschnabel – Frau Rabenschnabel – Rabenschnabel – schnabel – bis der graue Morgenschein durch die Fenster drang.

Der Tod

Er war tot, und es war ihm unsagbar unangenehm. Die ganze Sache kam ihm so deplaziert und taktlos vor. Von jeher hatte er sich dagegen verwahrt, im Bett zu sterben, und immer aus tiefster Überzeugung behauptet, er würde einmal durch Selbstmord oder Unglücksfall enden.

Nun war ihm die verwünschte Krankheit über den Hals gekommen, man hatte nicht einmal Zeit gehabt, ihn ins Krankenhaus zu schaffen. Er war einfach in seiner Wohnung liegengeblieben, ein Arzt war gekommen, dann ein zweiter und dritter, eine Krankenschwester, Freunde, Bekannte, Blumen, Verwandte, Weinflaschen – alles, was eben zu kommen pflegt, wenn ein junger Mann aus guter Familie plötzlich schwer krank wird.

Heute mittag, um halb eins, war es dann vorüber, und er starb. Jetzt mochte es ungefähr drei Uhr sein, und er wäre lieber wie sonst ins Café gegangen. Aber da er tot war, ging es nicht mehr. Die Krankenschwester war dageblieben, als alle anderen fortgingen. Er hörte sie hin und her gehen und wurde nervös. Was hatte sie noch in seinem Zimmer zu tun? Womöglich war sie indiskret und stöberte seine Sachen durch. Wie unangenehm, und man konnte es nicht verhindern. Dabei sang sie Choräle vor sich hin – – oh, daß ich tausend Zungen hätte –. Taktlos – sie fühlte sich sichtlich unbeobachtet, sonst hätte sie doch wenigstens ein Sterbelied gesungen, irgend etwas, was auf die Gelegenheit paßte.

Hier und da wurde geschellt, die Schwester ging hinaus, und er hörte sie in verschiedenen Tonarten sagen: »Der junge Herr ist heute mittag gestorben.« – Es waren anscheinend Lieferantenstimmen, die draußen sprachen – Rechnungen. Zum erstenmal empfand er eine gewisse Genugtuung, als er von seinem Tode sprechen hörte, und es kam eine schadenfrohe Vergnügtheit über ihn. All diese unangenehmen Dinge war er nun wenigstens für immer los, sie konnten nicht mehr an ihn herankommen. Bis vor kurzem hatten sie ihm das Leben ziemlich unangenehm gemacht, er hätte sich schütteln mögen, wenn er daran dachte. Aber er konnte sich nicht mehr schütteln, er war tot.

Ja, er hatte manchmal ernstlich daran gedacht, sich zu erschießen, wenn er sich der Finanzfrage nicht mehr gewachsen fühlte. In früheren Zeiten hatte man ihm von allen Seiten geholfen, damals war er eben noch ein hoffnungsvoller junger Mann, und man hatte erwartet, er würde sich irgendwie »durchsetzen«. Aber er hatte sich niemals durchgesetzt und wurde allmählich als verlorener Posten betrachtet. Und als verlorener Posten hat man die Verpflichtung, sich selbst herauszureißen oder diskret zu verschwinden. Es wäre auch sicher ein hübscher Effekt gewesen, aber schließlich hatten die anderen mehr davon als man selbst. Und unter den jetzigen Umständen waren das eigentlich zwecklose Betrachtungen.

Es klingelte wieder – aufgeregt und dramatisch. Diesmal war es eine ausgesprochen weibliche Stimme, die mit der Schwester unterhandelte. Natürlich war es Maria. Sie schien eine förmliche Szene zu veranstalten – ach, Maria! Sie konnte ja nicht ohne Szenen existieren, und heute, an seinem Todestage – wer weiß, ob ihr jemals wieder eine solche Gelegenheit geboten würde.

»Was – kein Recht – – Onkel – – ich – – das ist nicht wahr – davon verstehen Sie nichts –« Dann entstand ein betäubendes Stimmengewirr, es schienen sich noch andere Leute hineinzumischen, Nachbarn, die Wirtin. Dazwischen wie ein Refrain, immer wieder in sanftem bitterbösem Ton die Stimme der Schwester:»In einem Sterbehause – – in einem Sterbehause.« – Dann wurde es wieder ruhig. Maria war nicht hereingekommen. – Es wäre ihm auch eigentlich nur peinlich gewesen.

Etwas später klingelte es von neuem, diesmal reserviert, bestimmt und gedämpft, wie es sich in einem Sterbehause gehört und den Nerven des Verstorbenen angemessen ist. Die Verwandten kamen vom Mittagessen zurück.

»Nun, liebe Schwester, haben Sie sich von der Nachtwache ausgeruht?«

»Das ist mein Beruf, gnädige Frau.«

»Ist der Sarg noch nicht gekommen?«

»Nein.«

»Unglaublich mit diesen Lieferanten! Wann sollen wir denn unsere Besuche machen?« – Das war die Tante.

Der Tote empfand eine unhöfliche Regung. Was wollten sie denn noch hier in seinem Zimmer? Wahrscheinlich saß die Tante auf seinem Sofa, der Onkel auf dem Sessel vor seinem Schreibtisch, und der Vetter rauchte die hinterlassenen Zigaretten, die Maria ihm neulich zum Geburtstag geschenkt hatte.

Aber endlich schienen sie alle Platz gefunden zu haben, und der Onkel eröffnete die Unterhaltung. »Hans«, das war der Vetter – »du kennst seine Verhältnisse?«

Hans: »Wieso, Papa?«

Der Onkel räusperte sich, und der Tote wurde ganz vergnügt, er kannte dieses Räuspern und meinte, der Onkel hätte sich alle weiteren Worte sparen können. Aber diesmal kam es anders. Er war eben nicht mehr der lebende Neffe, dessen Lebensäußerungen man nicht zu schätzen wußte – er war der tote Neffe, und das änderte die Sache bedeutend.

»Ob der arme Junge Schulden hätte, meine ich.«

Hans: »O ja.«

»Sind sie hoch?«

Und vom Sofa her die Tante:

»Ich will doch nicht hoffen – – – –«

Aber Hans sagte fest und zuversichtlich:

»Sehr hoch.«

Pause. – Ein Stuhl wurde gerückt, und einer von ihnen ging im Zimmer auf und ab. Wahrscheinlich der Onkel. Dann fing die Tante wieder an – sie hatte heute kein Glück und kam nie mit ihren Sätzen zu Ende:

»Aber du denkst doch nicht etwa daran – – – –«

»Selbstverständlich muß jetzt alles in Ordnung gebracht werden. Ich will doch nicht, daß die Leute um ihr Geld kommen und sein Name durch den Schmutz gezogen wird. Es ist auch unser Name.«

Hans nannte eine ziemlich ungeheuerliche Summe. Der Tote war selbst ganz erstaunt, er konnte sich nicht mehr erinnern, ob es stimmte, und fing an nachzurechnen, aber es wollte nicht recht gehen. Die anderen schienen inzwischen nach Fassung zu ringen, und dann sagte die Tante:

»Aber Hans, wie ist das möglich – und du hast darum gewußt? – Wer, um Gottes willen, hat ihm denn all das Geld geliehen?«

»Nun, Leute«, sagte Hans.

»Leute? – – – – –«

»Ja, Leute – die ihn besser kannten als ihr.«

»Hans!« sagte der Onkel mit melancholischer Würde und die Tante: »Wie kannst du so etwas sagen? Er ist doch in unserem Hause aufgewachsen. Ich bin ihm eine zweite Mutter gewesen, und wenn er in seinem Leichtsinn – – – – – –«

Schade, daß der Onkel sie unterbrach, aber er tat es.

»Laß das jetzt ruhen, Mathilde, es soll alles vergeben und vergessen sein. Er ruht im Grabe – –«

Das stimmte nicht ganz, der Onkel hatte sich etwas übereilt, aber in diesem Moment schellte es draußen. Die Tante schien von ihrem Sofa aufzufahren: »Das wird der Sarg sein – – Liese, sieh doch nach.« – – Also die kleine Kusine war auch da. – – Sonst hatte sie ihn nie in seinem Zimmer besuchen dürfen.

– – Nein, es war nicht der Sarg. Maria hatte einen Kranz geschickt. Schade, daß man die Gesichter nicht sehen konnte, aber sie gingen anscheinend mit Fassung darüber hinweg. Er war ja tot.

»7000 – 12000 – 15000 – Wechsel – Zinsen – Halsabschneider.« – Das Gespräch wurde ziemlich angeregt. Dazwischen wieder die Hausglocke.

Der Herr Pfarrer ließ fragen, ob man ein Begräbnis erster Klasse wünsche.

Ja, selbstverständlich. Man erörterte die Kosten. Ein Begräbnis erster Klasse war ziemlich teuer und der Sarg auch. – Eichenholz – Beschläge – und ein Extrahonorar an den Pfarrer für die Rede.

Die Tante widersprach nicht ein einziges Mal. Aber der Tote ärgerte sich.

12000 – 15000 – Zinsen. –

»Und das willst du wirklich alles bezahlen?« sagte die Tante schwer atmend.

»Ich betrachte es als meine Pflicht« – der Onkel.

»Es ist ja noch ein kleines Erbteil von seiner Mutter da. Die gute Klara hat es mir damals anheimgestellt, es nach meinem Ermessen für ihn zu verwenden. Wer konnte auch wissen, daß der arme Junge so früh dahingehen würde.«

»Hättest du ihm doch seine Schulden gezahlt, wie er noch lebte« – – das war die kleine Kusine, die bisher noch kein Wort gesagt hatte.

Düstere Pause.

»Bravo, Liese«, dachte der Tote.

Ja, das Erbteil, das berühmte Erbteil. – Es konnte ihm jetzt eigentlich gleichgültig sein, aber es wurmte ihn doch gewaltig. Seit er denken konnte, war es ein wunder Punkt zwischen ihm und dem Onkel gewesen. – Was für wundervolle Reisen hätte er damit machen können – mit Maria! Sie hatten immer davon geträumt, zusammen zu reisen, eben von diesem Erbteil. Wirklich anständig zu reisen – unter falschen Namen, mit fabelhaften Koffern, feenhaften Necessaires und tadellosen Kleidern. Nur Lackschuhe sollten vor ihrer Tür stehen –

Mittwoch frühstücken wir in Ägypten. –

Nun war er tot. – Die Gläubiger erbten. Maria würde nie zu schönen Kleidern kommen und nie in Ägypten frühstücken. – – Es schellte. »Der Sarg«, sagte die Tante.

»Nein, der Mann von der Druckerei ist da.«

»Er soll noch einen Augenblick warten. – – Wir haben es doch gestern schon aufgesetzt – als der Doktor sagte – – – Der Zettel muß auf dem Schreibtisch liegen – da –

»Heute ist unser lieber Neffe ...... nach kurzem, schwerem Leiden
– –«

Wenn der Sarg erst kommen wollte, dachte der Tote, er fing an,
die Ungeduld seiner Tante zu teilen. Er wollte jetzt endlich Ruhe
haben. Es war wirklich kein Vergnügen, anzuhören, wie sie so mit
Geldsummen herumwarfen.

»– – – – nach kurzem, schwerem Leiden sanft im Herrn entschlafen –«

»Er ist nicht im Herrn entschlafen«, bemerkte die Tante mit schar-
fer Betonung.

»Jesus nimmt die Sünder an – –«, sagte die Stimme der Krankenschwester.

»Meinen Sie?« sagte Hans.

Es schellte wieder. Diesmal war es der Sarg.

Das Jüngste Gericht[1]

Es war am Vorabend des Jüngsten Gerichts.

Petrus und der liebe Gott pflogen Rat miteinander. Sie waren in einiger Verlegenheit, wie die Sache gehen sollte.

»Petrus, wie soll es nur werden?« seufzte der liebe Gott. »Wir sind gar zu sehr aus der Zeitanschauung herausgekommen. Und da kommen nun alle diese modernen Menschen und sind eine ganz andere Art von Rechtsprechung gewöhnt und wir –«

Petrus hatte erst schweigend zugehört, dann seufzte er: »Gottvater, wir sollten einen Staatsanwalt zum Beistand haben. Siehst du, die Leutchen auf Erden können sich keine Gerichtsverhandlung ohne Staatsanwalt vorstellen. Und sie haben recht. Wer soll denn anklagen? Für dich schickt sich das nicht. Der oberste Richter kann doch nicht die Anklage führen. – Das Prinzip der Milde und Gerechtigkeit würde darunter leiden. Und ich? Man weiß ja, wie die Leute sind. Sie könnten mich für parteiisch oder am Ende gar für bestechlich halten. Und dann träfe es sich gerade gut. Gerade gestern haben wir einen Staatsanwalt in die Juristenabteilung des Fegefeuers bekommen. – Die Herren sollen ja heutzutage Kolossales in der Rechtsprechung leisten.«

Aber der liebe Gott wollte nicht recht ran. Er meinte, es müsse auch so gehen. Die Zuziehung eines Staatsanwalts sei im göttlichen Weltplan von Anbeginn nicht vorgesehen.

Sankt Petrus wagte nicht weiter zu widersprechen. Die Sache hatte ja auch immerhin ihre Bedenken.

Der Jüngste Tag brach an. Auf Erden herrschte ein furchtbares Durcheinander, die Erde drehte sich nicht mehr, die Sonne hatte aufgehört zu scheinen. Die Gräber taten sich auf, und mit Entsetzen sah man seine guten Freunde wieder auferstehen.

---

[1] Als »Das Jüngste Gericht« 1897 im »Simplizissimus« erschien, erhob der Staatsanwalt gegen die Verfasserin Anklage wegen Gotteslästerung und beschlagnahmte die Nummer. Die Anklage wurde später zurückgezogen. Der Staatsanwalt Donnerschlag war wieder einmal zu voreilig gewesen.
Die Herausgeberin.

Die recht gesinnten Menschen erfaßten sofort die Sachlage und fingen an zu beten und sich zu bekehren. Die Lasterhaften und Verstockten dagegen beeilten sich noch, die wüstesten Gelage und Orgien zu veranstalten, weil sie in ihrem sträflichen Materialismus meinten, es sei ja nun doch alles vorbei.

Im Himmel war die Konfusion womöglich noch größer. Der liebe Gott und Petrus saßen vor ihren großen Büchern, suchten, zählten und verglichen um die Wette. Da waren die Geburts- und Todesregister, die Himmel-, Höllen- und Fegefeuerlisten. Da waren die Kontobücher – auf der einen Seite standen die Sünden, auf der anderen die guten und verdienstlichen Werke der Menschheit aufgezeichnet.

Manches Mal konnte der liebe Gott sich nicht durchfinden, und Petrus schlug das Gewissen. Die Buchführung war seine schwache Seite, und er hatte es manchmal nicht ganz genau damit genommen. Gewöhnlich hatte er sich dabei beruhigt, daß es am Ende gar nicht zum Jüngsten Gericht kommen würde. Und nun war es da. – Kalter Angstschweiß trat dem armen Petrus auf die Stirn. Verstohlen blickte er zu Gottvater hinüber. Der legte gerade die Feder aus der Hand und sagte nach längerem Nachdenken: »Petrus, weißt du, ich glaube, die Idee mit dem Staatsanwalt wäre doch nicht ganz ohne. Wir finden uns da sonst nicht zurecht. Die Rechtsanschauungen haben sich in letzter Zeit sehr verschroben.« – Der liebe Gott versprach sich, er meinte verschoben – Petrus merkte es, aber wagte nicht, ihn zu verbessern.

Voller Freude suchte er den Schlüssel zur Juristenabteilung und begab sich ins Fegefeuer. Als er zurückkam, erschien mit ihm ein Herr in der üblichen Büßertracht, der mit kalten, unbestechlichen Blicken um sich schaute. Er stellte sich dem lieben Gott als Staatsanwalt Donnerschlag vor. »Freut mich, klingt sehr vielversprechend«, sagte der liebe Gott, die Verbeugung erwidernd, »Petrus, du magst einstweilen die Leute versammeln und eine provisorische Scheidung vornehmen, du weißt ja, die Schafe zur Rechten, die Böcke zur Linken.« – – »Wir pflegen uns hier nämlich bildlich auszudrücken, das ist so die Tradition«, fügte er zum Staatsanwalt gewendet hinzu.

»Sie, Herr Donnerschlag, sind wohl so freundlich, einstweilen die Register durchzusehen und sich etwas zu orientieren. Petrus hat Ihnen wohl schon gesagt, was uns veranlaßt hat, Sie um Ihren fachmännischen Beistand anzugehen. – Ich habe jetzt noch alle Hände voll zu tun. Auf Wiedersehn!«

– Der Gerufene setzte sich vor die Bücher, zog eine Miniatur-Westentaschenausgabe des Strafgesetzbuches hervor, las, schlug auf und machte Notizen.

Endlich war alles soweit. Das Jüngste Gericht konnte beginnen. Petrus hatte die provisorische Einteilung in Gerechte und Ungerechte sehr geschickt arrangiert.

Die Gerechten begannen vorlaut ein Halleluja anzustimmen. Ein Teil der Verdammten betete und flehte um Gnade, andere tobten, ein paar alte Schiffskapitäne fluchten sogar. Als man es ihnen verwies, behaupteten sie, man gewöhne es sich im Fegefeuer an.

Die Glocke des Präsidenten erscholl, und der liebe Gott hielt eine der Gelegenheit angemessene Thronrede, in welcher er sein Programm kundtat. Dann stellte er der Versammlung den Staatsanwalt Donnerschlag vor, was mit allgemeinem Gemurmel begrüßt wurde. Herr Donnerschlag ignorierte diese zweifelhafte Kundgebung vollkommen. Er glaubte, die Beförderung zum himmlischen Justizminister schon ganz sicher in der Tasche zu haben.

Nun intonierte das Orchester »Heulen und Zähneklappern« nach einem eigens für diesen Tag von einer einflußreichen Persönlichkeit komponierten Motiv.

Petrus mußte das Buch des Lebens herbeibringen, die Verhandlung konnte beginnen.

»Es geht nach dem Alphabet, Herr Staatsanwalt«, bemerkte der liebe Gott. – –

»Adam«, begann Herr Donnerschlag mit weithin vernehmlicher Stimme.

Ein Gemurmel äußersten Unwillens erhob sich von allen Seiten. Im Hintergrund wurde sogar gezischt. Sankt Petrus konnte sich eines Lächelns nicht erwehren. Da standen sie ja, die beiden Sünder, die so viel Unheil angerichtet hatten. Eva hatte die eine Hand, in der sie den berühmten Apfel hielt, auf dem Rücken versteckt und beide waren äußerst verlegen. Sie schienen sich in der großen Versammlung zu schämen, da sie so wenig anhatten. »*Passons là-dessus*«, warf der liebe Gott in jovialem Ton ein und sagte dann leise zum Juristen, als er dessen Brillengläser verwundert auf sich gerichtet sah: »Entschuldigen Sie, Herr Staatsanwalt, mit Adam und Eva ist das so eine besondere Sache. Sie verstehen – der göttliche Weltplan –.«

Herr Donnerschlag wollte etwas entgegnen, aber jetzt hatte Eva sich halb umgewandt und warf ihm über die Schulter einen Blick zu, der ihn entwaffnete. »Gut denn, lassen wir die Sache ruhen, handelt sich ja auch nur um leichte Delikte – – Mundraub.«

Er murmelte noch etwas vor sich hin und fuhr dann mit der Verlesung fort:

»Abel! – hat sich früh der himmlischen Gerechtigkeit entzogen, indem er vorgab, von seinem Bruder Kain, einem notorischen Mordbuben, umgebracht worden zu sein. – Ich beantrage die Vorführung.«

Petrus und der Herrgott wechselten einen ratlosen Blick, aber Petrus faßte sich schnell und erklärte kurz und bündig, die Sache habe längst eine andere Aufklärung gefunden. Man habe Abel seinerzeit einen Abonnementplatz im Himmel eingeräumt und er sei unbedingt unter die Gerechten zu klassifizieren – was auch geschah.

»Bebel«, las der Staatsanwalt mit einem tiefen Seufzer der Befriedigung – endlich fing er an, sich heimisch zu fühlen.

»Gehört doch nicht hierher«, rief der liebe Gott entrüstet, »bitte im Alten Testamente fortzufahren.«

Petrus bekam einen zornigen Blick, diese unordentliche Buchführung. Es war wirklich zu arg.

Das eben aufgeflammte Feuer in den Augen des Staatsanwaltes erlosch. Enttäuscht und abgekühlt las er weiter: »Abraham.« –

Wieder wurde interpelliert. Der Himmelsvater war hinter den Verlesenden getreten und raunte ihm zu:

»An Abraham dürfen wir nicht rühren. Bedenken Sie doch, der Stammvater des Volkes Israel. Sie begreifen, es sind die Prinzipien, die aufrechterhalten werden müssen.«

Und die Musik spielte einen Tusch, während Abraham unangefochten zu den Gerechten passierte. Jakob und Esau machten einen Versuch, sich ihm anzuschließen, wurden aber zurückgehalten. Ihnen ahnte Schlimmes.

Jetzt wurde eine Schar verwilderter Zuchthäusler durch einen Gendarm vorgeführt. Sie hatten rote Kokarden an den Hüten und sangen die Marseillaise. Es waren die Kinder Korah.

»Korah und Genossen«, begann Herr Donnerschlag, »mehrfach vorbestraft wegen Aufruhrs und Zusammenrottung.«

Es wurde beraten. Der Staatsanwalt beantragte lebenslängliche Höllenstrafe und Stellung unter Polizeiaufsicht wegen Gemeingefährlichkeit der in Frage kommenden Individuen. Auch seien denselben die bürgerlichen Ehrenrechte abzuerkennen.

Petrus warf sich zum Verteidiger auf. Er meinte, man müsse mit der noch besserungsfähigen Jugend nicht so hart verfahren. Aber Herr Donnerschlag hielt ihm entgegen, es könne der zunehmenden Entsittlichung und inneren Zersetzung des Volkes durch dergleichen rot angehauchte Bestien nicht scharf genug entgegengearbeitet werden. Er wußte diese Anschauung so plausibel zu machen, daß einstimmig auf Vollstreckung des Urteils erkannt wurde.

Man machte kurzen Prozeß mit der Rotte. Die Höllenversenkung wurde in Tätigkeit gesetzt, und die Kinder Korah verschwanden mit einem Hoch auf die Anarchie in der Tiefe.

»Nun hat es doch endlich mal jeklappt«, ließ sich ein Eckensteher aus der Schar der Gerechten vernehmen.

Plötzlich entdeckte man, daß auch der Gendarm mit verschwunden war. Jemand wollte gesehen haben, wie ein Kind Korah ihn böswillig mit hinabgezogen habe.

Der Staatsanwalt beantragte Wiederaufnahme des Verfahrens, aber Petrus erklärte ihm, daß das bis zur nächsten Höllenrevision warten müsse. Augenblicklich würden weder die Angeklagten noch die Opfer vernehmungsfähig sein.

Herr Donnerschlag war just in seinem Element und begann Exempel zu statuieren, daß es eine Lust war. So wütete er mit verfassungsmäßiger Schneidigkeit durch die zwei Bücher Josua und das Buch der Richter hindurch, daß dem lieben Gott angst und bange wurde.

Heimlich rief er Petrus beiseite, um Rücksprache mit ihm zu nehmen.

»Petrus, was sollen wir machen, der Mann wächst uns über den Kopf. Dein Rat war gut, aber ich wollte, du hättest ihn mir nicht gegeben. Wo der Donnerschlag nur all die Paragraphen hernimmt. Für jeden hat er einen, der für ihn paßt. Was sollen wir denn anfangen, wenn er an die Könige kommt mit den fatalen Weibergeschichten. Das gibt noch den reinen Kolonialskandal.«

»Es ist recht peinlich«, sagte Petrus nachdenklich. »Im schlimmsten Falle müssen wir den Teufel durch Beelzebub austreiben und – –«

»Das geht nicht«, antwortete Gottvater entsetzt, »das wäre doch zu mittelalterlich possenhaft.« – »Ich meine es ja nur bildlich«, sagte Petrus mit Würde. – Die Unterhaltung wurde jäh unterbrochen durch ein wüstes Getöse, Musik, Lärmen, Durcheinanderrufen.

»Um Gottes willen«, schrie Petrus, »sie sind schon bei David, und wir haben nicht aufgepaßt.« –

Es hatte seine Richtigkeit. Schon hatte Herr Donnerschlag seine Anklagen vorgebracht, die in schwerer Menge auf den König von Israel herabregneten. David ließ sich aber nicht einschüchtern, sondern tanzte mit seinen Hofschranzen vor der Bundeslade, während das Getöse der Harfen, Zymbeln und Pauken durch den Himmel erschallte.

Petrus hatte seine schwere Mühe, alles wieder zur Ruhe zu bringen. Mehrmals mußte die Glocke des Präsidenten ertönen, bis die Verhandlung weitergehen konnte.

Nun begann Sankt Peter mit Gewandtheit die Verteidigung, aber es war ihm nicht möglich, den eklatanten Beweisen gegenüber durchzudringen, die Herr Donnerschlag auf den Tisch des Hauses niederlegte. Da war der Uriasbrief. Petrus und Gottvater konnten nur mit Mühe ihr Erstaunen darüber ausdrücken, wie der in die Hände der Staatsanwaltschaft gelangt sein konnte.

Der Staatsanwalt beantragte für den König David eine halbe Ewigkeit schwerer Höllenpein wegen Ehebruchs und Totschlag.

Vergebens suchte Petrus darzutun, daß Ehebruch Privatsache sei und nur auf Antrag des armen seligen Urias hätte verfolgt werden können, und daß man an dem Tode des letzteren doch nicht unbedingt den König beschuldigen könne. Derselbe habe nur angeordnet, daß Urias während der Schlacht an einem exponierten Platz Posten stehen solle. Das müsse jeder Soldat. Es könne hier also höchstens von einem *dolus eventualis* die Rede sein.

»Der Petrus hat wirklich schon etwas profitiert«, dachte der liebe Gott, der ganz verwundert dem glänzenden Plädoyer zugehört hatte. Aber gegen Herrn Donnerschlag kämpfte selbst Petrus vergebens. Mit dem kostbaren Beweisstück, mit einem Hagel von Paragraphen und mit der festen Absicht, dem lasterhaften Judenkönig eins auszuwischen, trug der findige Mann des Rechts den Sieg davon, und das Unerhörte geschah. David mußte zur Hölle fahren. Für Sack und Asche war es zu spät. Nun hatten ihm alle seine Psalmen doch nichts geholfen. Verstimmt trat er die Fahrt an, mit seinen Zymbeln und Pauken zu einem letzten Tanz aufspielend.

Der ganze Himmel war skandalisiert. Petrus und der liebe Gott schauten sich verzagt an. Jetzt sollte Hiob drankommen.

»Gottvater«, flüsterte Petrus, »laß mich nur machen, ich werde Rat schaffen.«

»Mach', was du willst«, sagte der liebe Gott ganz apathisch, »nur rette mir meinen Knecht Hiob.«

Sankt Peter entfernte sich schleunigst.

Während seiner Abwesenheit saß der liebe Gott wie auf Kohlen und mußte zuhören, wie der Staatsanwalt fortfuhr, ihm sein bestes Himmelsmaterial mit Hilfe dieses entsetzlichen Strafgesetzbuches zur Höllenware zu stempeln.

Hiob, der hart mitgenommene alte Mann, dem er, der Himmelsvater, längst ein Rentengut zugesichert hatte, wo er sich von den Strapazen seiner Heimsuchung erholen konnte, wurde der Majestätsbeleidigung geziehen. Und da sollte man noch ruhig sitzen und zuhören. Empört sprang der liebe Gott auf und übernahm dieses Mal selbst die Verteidigung:

Da hätte er denn doch noch ein Wort mitzureden. Die Sache sei überhaupt zwischen ihm und Hiob längst zur beiderseitigen Zufriedenheit beigelegt worden, da man sie nun aber noch einmal an die Öffentlichkeit gezerrt habe, so müsse er denn doch die Ansicht betonen, daß sich Hiob allerdings im Übermaß seiner Schmerzen einer Gotteslästerung schuldig gemacht, aber wenn er selbst – Gottvater – – »Gotteslästerung mit Gefängnis bis zu drei Jahren bestraft, § 16, 6«, warf der Staatsanwalt ein.

Der liebe Gott konnte vor Zorn nicht weiterreden, und der Staatsanwalt setzte nun auseinander, wie hier nach seiner Auffassung unbedingt eine Majestätsbeleidigung zu konstruieren sei, insofern als für Hiob in diesem speziellen Fall eine Identität der himmlischen und irdischen Staatsgewalt vorgelegen habe. – –

Petrus war inzwischen wieder erschienen. In seiner Begleitung erblickte man einen allgemein bekannten Nervenarzt, der seinerzeit auf Erden durch seine tiefsinnigen Lehren über Suggestion und Gegensuggestion manchen Raubmörder den Händen der strafenden Gerechtigkeit entrissen hatte.

Ein alter Russe mit Heiligenschein und apostolischen Allüren machte die Umstehenden auf die ausgeprägte Schurkenphysiognomie des neuen Ankömmlings aufmerksam.

Jetzt unterbrach Petrus den Staatsanwalt mitten im schönsten Reden, was dieser nicht gern sah, aber er hatte längst gemerkt, daß man es mit dem Alten nicht verderben dürfe. So ließ er resigniert die Zeugen abtreten. Es waren die drei Freunde Hiobs, die mit ihren langen Reden und weisen Bemerkungen die Versammlung schon aufs höchste irritiert hatten.

Es wurde eine Erholungspause gemacht und während derselben die landesüblichen Erfrischungen herumgereicht, welche aus Heuschrecken und wildem Honig bestanden.

Dann ertönte wieder die Glocke, und diesmal ergriff Petrus zuerst das Wort. Er redete erst von der hohen Bedeutung des Tages, sprach dann über Gerichtswesen im allgemeinen und über das Wesen des Jüngsten Gerichtes im speziellen, erwähnte ferner, daß eine nicht zu verkennende Mißstimmung über einige der heute gefällten Urteile in der Versammlung herrsche. Einige scheelsüchtige Böcke hätten zwar triumphiert, aber unter den Schafen herrsche große Trauer.

Hier lächelte Herr Donnerschlag satanisch. – Er, Petrus, mache deshalb den Vorschlag, daß ein Schwurgericht zusammentreten solle, das jedesmal nach eingehender Beratung den endgültigen Urteilsspruch zu fällen habe.

Ein beifälliges Gemurmel ging durch die Versammlung. Der liebe Gott atmete auf: Wenn man die Geschworenen richtig zusammenstellte, konnte Hiob noch gerettet werden. Und vielleicht waren auch noch Aussichten für David. Man mußte ihm sofort telefonieren, daß er Revision gegen das vorhin gefällte Urteil einlege.

Der Staatsanwalt protestierte heftig. Aber der Redner war noch nicht zu Ende. Nachdem der Beifall sich gelegt, fuhr er fort: er habe außerdem die Absicht, eine anerkannte ärztliche Autorität als Sachverständigen heranzuziehen – hier machte der Arzt eine tiefe Verbeugung gegen die Anwesenden – als Sachverständiger, der vor und nach jedem Urteilsspruch den Geisteszustand aller Beteiligten aufs genaueste zu untersuchen habe. Es sei in letzter Zeit so oft nachträglich die geistige Zurechnungsfähigkeit eines Verurteilten oder seines Richters angezweifelt worden. Hierzu komme noch, daß die Leute durch den Aufenthalt im Fegefeuer sehr oft ihre geistige Frische einbüßten. Man könne nicht nachsichtig genug vorgehen. – Ein rasender Beifallssturm machte den Himmel erbeben und übertönte die Worte des Herrn Donnerschlag, der sich Gehör zu verschaffen suchte. Er war der erste, der sich der Untersuchung durch den skeptisch blickenden Arzt unterziehen mußte, während Petrus und der liebe Gott sich mit der Auswahl der Geschworenen beschäftigten. Die bewährte Einteilung in Böcke und Schafe wurde auch hier festgehalten.

Als alles arrangiert war, wurde der Fall Hiob von neuem aufs Tapet gebracht. Der Arzt stellte zeitweilige geistige Störungen fest, an denen der alte Mann gelitten habe, und die Geschworenen verneinten die Schuldfrage.

Das Urteil erregte allgemeine Befriedigung. Die Gerechten frohlockten, und manchem Verdammungskandidaten wurde leichter ums Herz. Der liebe Gott telefonierte an David, und der degradierte König beging in der Hölle einen Freudentanz.

Herr Donnerschlag war außer sich. Seine Ausdrucksweise war fast unehrerbietig.

»Petrus«, sagte der liebe Gott leise zu diesem, »wir müssen sehen, ihn loszuwerden. Er macht sich unmöglich und kompromittiert uns.«

»Nur abwarten«, meinte Petrus, »vielleicht können wir ihn unter Kuratel stellen lassen.« –

Er nahm den Arzt beiseite und besprach sich mit ihm. Aber sie wurden gleich wieder unterbrochen.

Ratlos stürzte der liebe Gott herbei: »Um Himmels willen, Petrus, wo bleibst du? Alles steht auf dem Kopf. Nun sieh selbst, was du angerichtet hast mit deinen Geschworenen. Eben haben sie die Jesabel freigesprochen, und jetzt ist Kain dran. Den bringen sie mir womöglich auch noch in den Himmel, deine Geschworenen!«

Dem armen Petrus wirbelte der Kopf. Heute mußte auch alles schiefgehen.

Allgemeine Panik hatte die Versammlung ergriffen. Jesabel wandelte mitten unter den Gerechten und zog drei Foxterriers an der Leine hinter sich her. Vor den Geschworenen stand Kain mit rohen Landstreichermienen und leugnete hartnäckig. Seine Manieren hatten einen unangenehm arbeitslosen Anstrich.

Auch aus der Hölle ertönte wilder Aufruhr. David tanzte, und die Kinder Korah brachten ein dröhnendes Hoch auf das Proletariat der Zukunft aus. Nur der Geistesgegenwart Sankt Peters gelang es, die Situation zu retten. Er erklärte der gespannt aufhorchenden Versammlung, das Jüngste Gericht müsse unlösbarer Schwierigkeiten wegen einstweilen vertagt werden.

Alles atmete auf. Nur Herr Donnerschlag stand wie angewurzelt da.

Der liebe Gott begann die nötigen Befehle zu erteilen, und die himmlischen Heerscharen flatterten geschäftig hin und her.

Tausende von weißbeschwingten Engeln stießen in ihre Posaunen. Petrus drückte auf einen Knopf, und das große Schwungrad, das das Weltsystem zu bewegen hatte, begann sich langsam zu drehen. Mit donnerartigem Getöse fingen die Planeten wieder an, ihre vorschriftsmäßigen Bahnen zu wandeln.

Wir Spione

Wir verlebten das erste Kriegsjahr in einem neutralen Kurort, wo sich alle möglichen Nationalitäten zusammenfanden. In unserem näheren Bekanntenkreis war die Zusammenstellung folgende: drei Deutsche, zwei Wienerinnen, ein amerikanisches Ehepaar namens Strong und ein Italiener, welcher Ravelli hieß, ferner ein Pole und ein Herr, den man kurzerhand den »Balkan« nannte, denn er stammte sicher irgendwo von dort drunten her, sprach sich aber nicht näher darüber aus.

Da wir alle fern der Heimat waren, taten wir das einzige, was man in dieser Zeit im Ausland tun kann, wir verschlangen die Zeitungen und warteten auf Briefe. Dabei gaben wir uns alle Mühe, möglichst wenig über die Weltereignisse zu sprechen – das war so ausgemacht worden, weil wir bis zum Ausbruch des Krieges sozusagen befreundet waren. Es war gewissermaßen unser Ehrgeiz, zu beweisen, daß man unter gebildeten Menschen sich selbst in solchen Zeiten auf eine internationale Basis stellen könne.

Natürlich war es nicht immer so einfach, z.B. fiel der Unterseebootkrieg Mr. Strong des öfteren auf die Nerven, seine Frau verhielt sich mehr passiv und zog es vor, mit dem Polen zu kokettieren. Der Pole war Revolutionär und schwur bei jeder Gelegenheit, er würde noch auf einer Kanone in Warschau einreiten; selbstverständlich hieß er Stanislaus. Wenn er sich in dieser Weise äußerte, pflegte der Balkan leise zu knurren und sah ihn scheel von der Seite an. Im übrigen schien sein politisches Interesse nicht besonders rege, dagegen war er leidenschaftlicher Spieler, sprach gerne von Ostende und Monte Carlo, und die Zukunft dieser beiden Orte erfüllte ihn mit großer Besorgnis. – Zwischen den Wienerinnen und Signor Ravelli spannen sich ebenfalls zarte Fäden; sie konnten stundenlang über der Karte von Südtirol sitzen und versuchten dann, sich freundschaftlich über die Berechtigung der Irredenta zu einigen. Wir Deutschen ärgerten uns manchmal, wenn die Damen bei diesen Verhandlungen zu entgegenkommend waren.

Bis zum Frühjahr hatten wir so in gutem Einvernehmen gelebt. Die Bevölkerung des kleinen Kurorts sowie die anderen Fremden schienen sich darüber zu verwundern; denn wo wir uns nur sehen ließen, in Restaurants, Cafés oder bei geselligen Veranstaltungen, wurden wir mit größtem Interesse angestarrt und beobachtet; sogar auf der Straße bemerkten wir, daß die Vorübergehenden sich gegenseitig auf uns aufmerksam machten.

Allmählich aber geriet die internationale Basis ins Schwanken; vor allem begann man sich gegenseitig zu mißtrauen. Das Ehepaar Strong interessierte sich nach unserem Gefühl in übertriebener Weise für die Feldpostkarten, die wir von Bekannten oder Angehörigen erhielten, und uns stieg manchmal der Verdacht auf, sie möchten am Ende gar nicht von drüben, sondern verkappte Engländer sein; denn wenn wir irgendwelche ganz harmlose Fragen über englische Bräuche taten, konnte Strong manchmal in geradezu verletzender Weise antworten:

»Uarum uollen Sie das uissen?«

Außerdem schickte er rätselhaft viele Telegramme ab. Signor Ravelli war überhaupt ungemein neugierig, und wir warnten seine Freundinnen wiederholt, ihm nicht soviel von ihren Alpenwanderungen zu erzählen. Was schließlich den Balkan betraf, so traute ihm in politischer Hinsicht wohl niemand über den Weg, weder wir noch die anderen. Aber entweder merkte er es nicht, oder es focht ihn nicht an. Er blieb immer derselbe, präokkupiert, aber heiter und liebenswürdig. Und wie es denn so kommt – unsere Wege trennten sich unter Mißtrauen und Übelwollen, und die Strongs zogen erbittert in eine entfernt gelegene Pension.

Bald darauf brach der italienische Krieg aus; unser Freund Ravelli rückte zwar nicht ein (ob das Vaterland oder er selbst darauf verzichtete, haben wir nicht erfahren), war aber fortan sehr verstimmt, konnte sich nicht mehr mit seinen schönen Gegnerinnen über die Grenzfragen einigen und verschwand grollend aus unserem Gesichtskreis. Der Balkan war der einzige, der uns treu blieb, denn Stanislaus war schon vorher unter mysteriösen Andeutungen abgereist – wir erhielten späterhin eine Postkarte von ihm aus Warschau, aus der jedoch nicht hervorging, ob er wirklich auf einer Kanone oder auf normalem Wege dahingekommen war.

Neue Bekanntschaften ergaben sich nicht, und das Dasein war recht eintönig geworden, man mußte sich Mühe geben, die Zeit nur einigermaßen totzuschlagen. So kam uns eines Tages aus reiner

Langeweile die Idee, unseren Balkon mit einem Zeltdach zu verse-
hen, weil die sich immer gleichbleibende Neugier der Bevölkerung
uns auf die Länge lästig fiel. Es wurde also Stoff gekauft, berat-
schlagt, konstruiert, und als alles so gut wie fertig war, meinte der
Balkan, der plötzlich ungeahnte technische Fähigkeiten entwickelte,
man solle doch innerhalb des Zeltes eine elektrische Lampe anbrin-
gen, um abends in aller Gemütlichkeit »meine Tante, deine Tante«
spielen zu können. Gesagt, getan – bald war alles fertig; wir hofften
nun die Früchte unserer Arbeit ungestört zu genießen und vor allem von der Neugier der Passanten befreit zu sein. Aber als wir
zum erstenmal unter unserem Zeltdach saßen und unter Anleitung
des Balkans »meine Tante, deine Tante« spielten, gab es geradezu
einen Volksauflauf. Der Balkan wurde nervös und trat an die Balustrade, um das Volk zu beruhigen. In diesem Moment jedoch
teilte sich die Menge, um zwei Polizisten durchzulassen, welche uns
für verhaftet erklärten. Was wir getan hatten, war uns völlig unklar,
aber wir folgten ihnen ohne weiteres, nur der Balkan verfärbte sich.
Am nächsten Morgen wurden wir dem Kommissär vorgeführt, und
unsere Verwunderung stieg, als gleich darauf auch unsere alten
Freunde Strong und Ravelli in das Bureau traten. Ein Gerichtsdie-
ner begleitete sie und rief dem Kommissär zu: »Spionage – Register
6.«

»Also doch«, sagte die eine Wienerin halblaut, aber Mr. Strong
hatte es gehört und fuhr wie ein Berserker auf sie los:

»Und Sie? Uir haben Sie immer für Spion gehalten mit Ihre deutsche Freunde und das Balkan –«

»Balkan?« brüllte der Balkan, »was soll das heißen?« Dies war die
erste politische Äußerung, die wir von ihm hörten, aber niemand
antwortete. Der Kommissär rief zur Ordnung, aber die allgemeine
Aufregung war nicht mehr zu beschwichtigen. Ravelli wandte sich
wild an den Beamten und erklärte, die Damen hätten tatsächlich
eine merkwürdige Kenntnis der Tiroler Grenzen und die Herrschaften aus Deutschland – – – nun wallte auch in uns das Mißtrauen
wieder auf – das Interesse für Feldpostkarten – die Telegramme –
kurz und gut, es entbrannte ein Kreuzfeuer von gegenseitigen Beschuldigungen. Der Kommissär wartete geduldig, bis etwas Stille
eingetreten war, nahm dann die Personalien auf und eröffnete uns

milde, daß wir samt und sonders unter Spionageverdacht ständen. Wir Deutschen und Österreicher waren Register 5. – Der Balkan wurde gesondert behandelt. Man nahm einen Fingerabdruck von ihm, wir hatten diese Prozedur noch nie gesehen und verfolgten sie neugierig; er aber benahm sich wie bei allen technischen Dingen sehr sachverständig. Dann begann das Verhör. Register 6 wurde zuerst vorgerufen – sie hätten Bomben fabriziert und besäßen zusammenlegbare Flugzeuge, wir dagegen wurden beschuldigt, Lichtsignale gegeben zu haben – – Lichtsignale – – wir hatten doch seit drei Wochen keinen Abend zu Hause verbracht, ausgenommen den gestrigen, der so unliebsam unterbrochen wurde; aber hier musterte der Kommissär uns der Reihe nach mit einem durchbohrenden Blick und erklärte, für Spione habe man uns von Anfang an gehalten, uns dauernd beobachtet und nur auf Beweismaterial gewartet.

»Und das Beweismaterial?« fragten wir.

– Nun, eben die Lampe – – wir erfuhren erst jetzt, daß Lichtsignale zu spionistischen Zwecken verwandt werden können. Und unser Erstaunen war so aufrichtig, daß er sich endlich überzeugen ließ, die Lampe sei tatsächlich nur zu Beleuchtungszwecken angebracht worden. Sodann kam wieder Register 6 an die Reihe. Mr. Strong antwortete auf die Fragen des Kommissärs einigermaßen erbittert:

»Yes, Herr Kommissär, uir haben nicht nur Bomben und zusammenlegbare Aeroplane, sondern auch eine Flotte in unsere Pension.« Der Kommissär wurde nun ernstlich nervös und sagte, gleich würde die Gerichtskommission da sein, welche inzwischen die Haussuchung vornehme.

Man wartete, nach einer guten Weile erschien die Kommission und brachte drei Fußbälle von verschiedener Größe und einen vielfach zusammengeklappten Gegenstand. – –

Mr. Strong klappte ihn mit größter Seelenruhe auseinander, und er erwies sich als amerikanischer Liegestuhl mit Lesepult und unendlichen Finessen; dann bemerkte er, der Kommissär möge doch mit diesem Flugzeug eine Probefahrt machen. Er selbst würde inzwischen versuchen, mit seinen Bomben die Polizei in die Luft zu sprengen.

Der Kommissär war so enttäuscht, daß wir wirklich Mitgefühl hatten. Es blieb ihm nichts anderes übrig, als beide Register zu entlassen und sich obendrein noch zu entschuldigen. Nur der Balkan wurde zurückbehalten; er hatte sich zwar nie politisch betätigt, sondern war einfach ein vielgesuchter internationaler Hoteldieb.

Wir anderen verließen gemeinsam das Gerichtsgebäude und versöhnten uns unterwegs, fortan war alles gegenseitige Mißtrauen geschwunden.

Noch manchen Abend saßen wir auf dem Balkon und spielten Karten. Wir glaubten uns rehabilitiert und wurden auch nicht wieder verhaftet, aber die Vorübergehenden blieben immer noch stehen und hielten uns nach wie vor für Spione.

Die Silberwanze

Eine Erinnerung an Belgrad

Wir waren auch einmal in Belgrad, kamen jedoch nicht dazu, es uns näher anzusehen, weil unser Interesse durch andere Dinge abgelenkt wurde und ... aber eben das soll hier erzählt werden.

Man langte gegen Abend an, um am nächsten Tage donauabwärts weiter zu fahren. Wir hatten uns alle erst im Speisewagen kennengelernt und wollten bis Bukarest zusammen bleiben.

»Das also ist Belgrad«, sagte der Professor, als der Zug hielt, und begann verschiedene Dinge aufzuzählen, die man unbedingt sehen müsse. Aber er wurde gleich unterbrochen, denn nun kam die Gepäckrevision, welche sich sehr umständlich gestaltete. So hatte eben der Professor – er war Zoologe – einen fliegenden Fisch in Spiritus bei seinem Handgepäck, den er am Ägäischen Meer mit anderen fliegenden Fischen vergleichen wollte. Dieser wurde zum Gegenstand endloser Diskussionen, denn die Beamten waren mehr neugierig als bürokratisch und wollten durchaus wissen, was es damit auf sich habe und wozu er ihn brauche. Ferner war da eine junge Frau, die ein Baby und viele Koffer mit sich führte. Die Verhandlungen waren schon der Sprache wegen schwierig und wären sicher nie zu Ende gekommen, wenn nicht der Damenimitator aus Budapest russisch gekonnt hätte. Er selbst hatte außer einer Geige nur eine Hutschachtel mit Trikots und Flitterröckchen bei sich. Diese Garderobestücke gaben ebenfalls Anlaß zu endlosen Fragen, und während er ihre Berechtigung eingehend darlegte, hatte ein zigeunerartiges Subjekt, dessen Funktionen uns unklar blieben, sich der Geige bemächtigt und begann eine schwermütige Weise zu spielen. Es war eigentlich ganz stimmungsvoll, aber der Imitator hatte dafür keinen Sinn und brüllte das Subjekt im höchsten Sopran an. Damit und mit seinem Russisch imponierte er uns so, daß wir ihn gewissermaßen zu unserem Oberhaupt erwählten.

Die Revision dauerte eine volle Stunde. Draußen an den Fenstern der Halle lauerte eine Schar von Strolchen auf uns, sie drückten sich die Gesichter an den Scheiben platt und folgten jeder Bewegung mit aufgerissenen Augen. Es waren die Packträger von Belgrad, die sich, als wir den Raum verließen, wie Wahnsinnige auf uns stürzten. Jeder erfaßte ein Gepäckstück, einer sogar das Baby, dann stoben sie auseinander, jeder nach einem anderen Wagen. Wir hinterher, jeder seinem Eigentum nach, Frau Pollacek folgte dem Strolch, der ihr Kind trug, der Damenimitator seinen Flitterröckchen und der Professori dem fliegenden Fisch.

Die Kutscher knallten mit der Peitsche und wollten sofort losfahren. Es war entschieden so gemeint, daß auf jedes Stück Gepäck und auf jede Person ein Extrafuhrwerk kommen sollte. Auf diese Weise hätten wir mindestens ein Dutzend Wagen gebraucht. Außerdem wußten wir ja nicht einmal, wohin die Fahrt gehen solle. Man fiel also den Pferden in den Zügel, schrie, gestikulierte, sträubte sich, bis endlich Koffer und Personen in zwei Fiakern untergebracht waren. Nunmehr verlangten wir ein gutes Hotel in der Nähe des Hafens. Die Strolche unternahmen eine nochmalige Sturmattacke und wollten fürstlich belohnt werden. Der, welcher das Kind getragen hatte, verlangte geradezu ein Lösegeld, bekam es aber nicht.

Endlich rollten wir dem Hotel zu, und nach dem Souper wollten wir die Stadt ansehen. Man fuhr endlos durch dunkle Gassen, an Mauern und Zäunen entlang und hielt schließlich vor einer unwahrscheinlichen Spelunke. Der Wirt war in Hemdsärmeln und wenig vertrauenerweckend. Der Professor wurde ängstlich, Frau Pollacek beschwor uns, wieder umzukehren, aber der Damenimitator hatte Mut und fand, bei unserer geringen Ortskenntnis habe es keinen Zweck weiter zu suchen, wir würden nur unsere kostbare Zeit verlieren.

Es gab eine Art Abendessen, von dem wir nur das Notwendigste zu uns nahmen, und dann gingen wir die Stadt betrachten, hatten aber keinen Plan und fanden sie nicht. Es war zu dunkel. Stundenlang irrten wir durch Gassen, an Bretterwänden, Winkeln und Zäunen entlang und kehrten endlich todmüde zurück. Die Haustür stand offen, aber es war niemand zu sehen. Ratlos tappten wir im Dunkeln herum und stießen in einer Ecke des Flurs auf einen schlafenden Hausknecht. Er wollte durchaus nicht aufstehen und sagte, wir brauchten nur die Treppe hinaufgehen und die Zimmer selbst aufsuchen. Der Damenimitator ging mit einem Licht voran, aber in allen Betten lagen schon Leute. Bis wir zuletzt ein unbewohntes

Gelaß mit vielen Betten und einem zerrissenen Ledersofa entdeckten. Endgültig verzweifelt beschloß man, hier zu biwakieren. Die ganze Sache, vor allem die Leute, die wir in den anderen Zimmern gesehen, wirkte so unheimlich, daß es uns lieber war, zusammenzubleiben. Es wurde eine ungemütliche Nacht. Die einzige Kerze brannte bald herunter, und alle wälzten sich schlaflos. Zuletzt dämmerten wir doch noch ein, und es war schon Morgen, als Frau Pollacek uns mit einem gellenden Schrei weckte. Dann jammerte sie halb im Schlaf vor sich hin – es sei nicht mehr zum Aushalten – hätte sie nur diese unselige Reise nicht unternommen und so weiter ...

Ja, um Gottes willen, was denn los sei? – Sie ermunterte sich jetzt völlig: Es habe sie etwas ganz Fürchterliches gestochen ... Damit stand sie auf und gebärdete sich wie eine Verzweifelte. Allgemeine Panik. Der Professor sprach von den in den Balkanländern vorkommenden Skorpionarten, die in größerer Anzahl selbst Erwachsenen gefährlich werden könnten. Alle wurden blaß vor Schrecken, nur der mutige Damenimitator schritt zur Tat, untersuchte das eben verlassene Bett und konstatierte, nachdem er alle Decken auseinander geschlagen hatte, Skorpione in größerer Anzahl seien jedenfalls nicht vorhanden. Uns fiel ein Stein vom Herzen.

Die junge Frau hatte sich inzwischen etwas beruhigt und war ebenfalls herangetreten. Plötzlich schrie sie wieder auf:

»Da – schauen Sie her!«

Alles drängte sich um das Bett, und nun erblickte man ein schimmerndes rundes Tier von der Größe einer mittleren Kaffeebohne, welches sich langsam den Bettrand entlang schob, und, als es die vielen forschenden Blicke auf sich gerichtet fühlte, sichtlich betreten stehen blieb.

Der Professor setzte seine Brille auf und suchte mittels eines Stückes Papier seiner habhaft zu werden. Es gelang. Dann betrachtete er es eingehend, schüttelte den Kopf und meinte, er fühle sich versucht, es als die gemeine Bettwanze, Cimex lectuarius, anzusprechen, nur was die silbergraue Färbung und die anscheinend durch den Biß hervorgerufene psychische Erregung beträfe, stehe er vor einem Rätsel.

Es folgte nun eine Art naturwissenschaftlicher Sitzung. Mit dem Schlafen war es sowieso vorbei, man saß fröstelnd herum und besprach das Ereignis, tauschte Reiseabenteuer, Kenntnisse, Beobachtungen und Erlebnisse mit gewöhnlichen Wanzen aus, die ja in den südlichen Ländern keinem erspart bleiben – immerhin, ein Insekt wie dieses dem serbischen Boden entsprossene hatte noch keiner gesehen oder je davon gehört.

Die Sonne stand schon am Himmel, als der Professor sich erhob und in einer längeren Rede erklärte, er danke den verehrten Anwesenden herzlich für ihr Bestreben, an der Lösung des Problems mitzuwirken. Man sei demselben jedenfalls ein gutes Stück näher gekommen, und er beschließe daher, falls es uns recht sei, dem Tier, das seiner Ansicht nach eine wichtige Entdeckung bedeute, den Namen Cimex argentuus, zu deutsch Silberwanze, beizulegen und seiner Fakultät sofort Mitteilung darüber zu machen.

Wir stimmten ihm einmütig bei. Inzwischen war es Zeit zum Aufbruch geworden und zu spät, um Stadt und Festung noch in Augenschein zu nehmen. In diesem Moment hatte auch niemand mehr Interesse dafür.

Während wir nunmehr unser Gepäck zusammensuchten, saßen Frau Pollacek und der Damenimitator immer noch nebeneinander auf dem Bettrand. Sie sprachen leise, und es schien uns, daß sie sich manchmal verstohlen die Hand drückten.

Und das wird wohl so gewesen sein. Wir machten vor Bukarest noch einmal Station, übernachteten in einem normalen Hotel, wo jeder sein Zimmer für sich hatte, aber am nächsten Morgen, als man weiterfahren wollte, waren jene beiden einfach verschwunden und kamen auch nicht mehr zum Vorschein. Wir fuhren also ohne sie, und während der Zug dahinrollte, sannen wir den verschlungenen Fäden des Lebens nach. Hier waren unversehens zwei Menschen, die man flüchtig kannte, glücklich geworden und ein unbekannter Dritter, nämlich der Herr Pollacek, unglücklich – oder auch umgekehrt, wer konnte das wissen? Und das alles war das Werk einer schlichten Silberwanze, die bis dahin in Belgrad ein obskures Dasein fristete und nun berühmt werden sollte.

Der Professor aber lächelte abgeklärt, murmelte vor sich hin »Cimex argentuus« und meinte dann, es habe noch jede wissenschaftliche Entdeckung ihre Opfer gefordert.

Das feindselige Gepäck

Ich weiß nicht mehr, wer eigentlich auf den Gedanken verfallen war, eine Mittelmeerfahrt zu unternehmen und warum wir anderen darauf eingingen. Es lag durchaus kein zwingender oder besonders verlockender Grund dazu vor. Fast alle Beteiligten waren gerade schlecht bei Kasse, und man hätte zweifellos besser getan, daheim zu bleiben. Aber vielleicht gerade weil so vieles dagegen sprach, setzten wir uns die Sache in den Kopf, verachteten die Ratschläge wohlmeinender Freunde und rüsteten uns zur Abfahrt.

Unser Reisemarschall, der das Unternehmen angeregt hatte, war Archäologe und viel gereist – er vertrat die Ansicht, man müsse vor allem sehr anständiges Gepäck mit sich führen, und wir unterwarfen uns blindlings seinen Anordnungen. So begaben wir uns in ein Spezialgeschäft für Reiseausrüstungen und kauften dort zwei große, flache Handkoffer aus vorzüglichem Leder, einen dunkelbraunen und einen hellgelben, ferner einen Kabinenkoffer und à Person einen Dressingbag mit luxuriöser Inneneinrichtung. Alles erste Qualität, sehr schön und sehr teuer.

Dann versahen wir uns noch mit Feldbetten, denn wie der Archäologe meinte, könne es, zum Beispiel im Peloponnes, leicht vorkommen, daß wir im Freien übernachten müßten. Man konnte diese Betten ganz in sich zusammenschieben und so auf ein ziemlich handliches Paket reduzieren. Und zum Schluß erstanden wir einige recht bequeme Patentklappstühle, die auf den primitiven südlichen Küstendampfern sozusagen unentbehrlich sein sollten.

Der Archäologe war immer noch nicht zufrieden und kaufte noch einen ausgezeichneten amerikanischen Revolver. Er sagte, das sei unbedingt notwendig, und schwelgte schon in dem Gedanken an dramatische Abenteuer mit anatolischen Räubern.

Als das alles erledigt war, nahm unser Gepäck sich wahrhaft fürstlich und äußerst reisekundig aus, nur wir selbst paßten nicht mehr recht dazu. Die Ausrüstung hatte soviel Geld verschlungen, daß für unsere Kleidung nicht viel mehr übrig blieb, wir mußten, falls wir die Reise nicht doch lieber aufgeben wollten, abfahren, wie wir eben gingen und standen, und die Koffer blieben einigermaßen leer.

In der ersten Begeisterung setzte man sich mutig darüber hinweg. Als wir dann aber das erstemal an Bord saßen, überfiel uns eine gewisse Niedergeschlagenheit, jene spezielle Niedergeschlagenheit, die eben durch unzweckmäßige oder deplazierte Kleidung hervorgerufen wird. Wir saßen auf unseren Patentklappstühlen, und die übrigen Effekte hatte man dicht daneben aufgestapelt. Sie sahen etwas zu neu aus, sehr elegant und wirkten durchaus, als ob sie nicht zu uns gehörten. Das wurmte uns. –

Im Laufe der Fahrt kamen wir mit einem vornehmen alten Araber ins Gespräch, und da wir Vertrauen zu ihm faßten, teilten wir ihm unsere peinlichen Empfindungen mit. Er nahm es sehr ernst damit, ja, er warnte uns geradezu vor den Koffern und meinte: nicht nur Mensch und Tier, sondern auch leblose Gegenstände hätten eine Seele, und vor Dingen, die einem wohl formell angehörten, mit denen man aber nicht in innerem Kontakt stehe, möge man ja auf der Hut sein.

Wir wurden hierdurch nachdenklich gestimmt, und mit der Zeit kam es uns wirklich vor, als ob die Sachen da vor uns so etwas wie eine Seele hätten und zwar eine, die von bösen und rachsüchtigen Instinkten erfüllt sein könne, weil wir sie so ohne weiteres gezwungen hatten, uns zu folgen. Fremd und verächtlich sahen sie uns an, halb schadenfroh und dann wieder, als ob sie sich unserer schämten, uns für Reiseparvenus hielten und sich nicht mit uns identifizieren wollten. Man versuchte, sie versöhnlich zu stimmen, Beziehungen anzuknüpfen, betrachtete sie mit liebevollen Blicken, lobte und bewunderte sie, aber es half nichts, und der Archäologe wurde schließlich ärgerlich. Er zankte mit Emma Müller, seiner Cousine – weil sie ihm zum Trotz heimlich eine unansehnliche, alte Plaidtasche mitgenommen hatte, dann verhöhnte er die Feldbetten, die so korrekt und zusammengeklappt dastanden, als ob sie sich nie zu einem Nachtlager hergeben würden und gab dem gelben Handkoffer, weil er gar zu unverschämt dreinsah, einen Fußtritt, so daß er beiseite flog und alles durcheinander geriet. Wir erschraken und verwiesen ihm sein Benehmen, aber es war nicht wieder gutzumachen.

Als wir das Schiff verlassen hatten und im Hotel unser Gepäck überzählten, fehlten vier Stück – nämlich die Patentklappstühle. Wir hatten bis zum letzten Moment an Bord gesessen und dann in der Eile vergessen, daß sie unser Eigentum waren. Es war sehr ärgerlich, aber wir schoben es auf unsere Nachlässigkeit. Bald darauf verließen uns auch die Feldbetten. Wir machten einen Ausflug, fanden programmäßig kein Nachtquartier und wagten es zum erstenmal, sie herzurichten und uns darauf auszustrecken. Man schlief wider Erwarten ausgezeichnet und begab sich morgens an einen etwas entfernten Bach, um sich zu waschen. Als wir zurückkehrten, waren die Betten verschwunden und mit ihnen die Dressing-bags, denen wir nur die notwendigsten Toilettengegenstände entnommen hatten. Nur Emma Müllers geschmähte Plaidtasche war zurückgeblieben. Wir nahmen an, daß die Sachen gestohlen worden seien, es war ja auch unverantwortliche Nachlässigkeit, sie auf freiem Felde liegen zu lassen. Der Archäologe lag den ganzen Tag mit seiner Schießwaffe auf der Lauer, aber die etwaigen Diebe ließen sich nicht sehen. Wir bekamen überhaupt keinen Menschen zu Gesicht, auf den man hätte schießen können.

Die anderen Sachen waren in der nächsten Stadt geblieben, wir fanden sie unversehrt wieder und behüteten sie jetzt mit Argusaugen. So reisten wir weiter, vergnügten uns und waren ganz zufrieden. Aber die Beziehung zwischen unserem Gepäck und uns gestaltete sich keineswegs herzlicher – im Gegenteil, denn wir sahen bei dem vielen Herumfahren allmählich so heruntergekommen aus, daß es uns völlig ignorierte und bei jeder Gelegenheit tat, als ob es uns nicht gehörte. Kommissionäre und Portiers betrachteten uns mit Mißtrauen, um so mehr, weil unsere Gepäckstücke so unwahrscheinlich leicht waren. Wir stiegen nur in guten Hotels ab, in der Hoffnung, man möchte uns für angesehene Persönlichkeiten halten, die sich eine scherzhafte Verkleidung erlaubten. Vielleicht tat man es auch, aber diese Lebensweise ging über unsere Verhältnisse. Wir beschlossen, die Rückreise anzutreten und fuhren nach Italien hinüber. Kaum hatten wir die Küste erreicht, als unter dem Gepäck eine förmliche Meuterei ausbrach. Sie begann damit, daß der dunkelbraune Handkoffer beim Ausbooten über Bord sprang – – (oder fiel, wie man es nehmen will). Es war finstere Nacht und keine Möglichkeit, ihn wiederzubekommen.

Wenige Stunden später mußten wir uns auch noch von dem Kabinenkoffer trennen, zu dem wir immer noch das meiste Vertrauen hatten, weil er so ehrenhaft und solide aussah. In dem versunkenen hatte sich eine Brieftasche mit Geld befunden, das war nun fort, und wir hatten nicht mehr genug bei uns, um die Billetts zu bestreiten. So mußten wir es immerhin noch als glücklichen Zufall ansehen, daß ein hochherziger Spediteur aushalf und als Pfand eben den Kabinenkoffer zurückbehielt.

Den gelben gaben wir als Passagiergut auf und freuten uns hämisch, als er wehrlos mit entstellenden Zetteln beklebt, abgeschleppt wurde.

Nur Emma Müllers Plaidtasche kam mit ins Coupé, von der hatte man anscheinend nichts zu befürchten.

Es erwies sich denn auch, daß wir wenigstens diesmal umsichtig gehandelt hatten. Man hatte eben die Grenze erreicht, als ein Polizeibeamter von Waggon zu Waggon ging und sich erkundigte, wer einen gelben Lederkoffer, gezeichnet T. T., aufgegeben habe. Wir wurden blaß und rot, aber einmütig verleugneten wir ihn, denn uns ahnte neues Unheil.

Nachher erfuhren wir denn auch, daß er beim Verladen an irgendeiner Station explodiert war, das heißt, nicht eigentlich explodiert, sondern ein darin befindlicher Revolver war losgegangen. Dabei war ein Bahnbediensteter verletzt worden, und nun fahndete man nach dem Besitzer, um ihn dafür verantwortlich zu machen.

Natürlich war es der Revolver des Archäologen – er hatte ihn beim Packen noch rasch mit hineingeworfen, da er meinte, ihn jetzt nicht mehr nötig zu haben.

Hatte nun der Revolver sich rächen wollen, weil er nie zu Schuß gekommen war – wollte der heimtückische gelbe Koffer, gleich seinem dunklen Bruder Selbstmord begehen, um uns zu schaden – oder sollte er uns gar nach dem Leben getrachtet haben?

Bei diesem letzten Gedanken überlief uns noch nachträglich ein kalter Schauer, und lebhaft gedachten wir des alten Arabers und seiner warnenden Worte.

Emma Müllers Plaidtasche war das einzige Gepäckstück, das wir wieder mit nach Hause brachten, und sie wurde fortan in hohen Ehren gehalten.

Der feine Dieb

Gelegentlich einer Ferienreise hatte man uns im letzten Moment ein junges Mädchen mitgegeben, welches Elly hieß und etwas herauskommen sollte. Sie hatte eine mißglückte Verlobung hinter sich, litt unter der Einförmigkeit ihres Lebens in einer kleinen Stadt und war darüber bleichsüchtig geworden.

Wir waren anfangs erschrocken und fühlten uns nicht besonders geeignet, Mädchen aus der Kleinstadt zu chaperonieren, aber es ging dann ganz gut. Elly war bescheiden und sehnte sich nur nach neuen Erlebnissen oder Menschen, die ein wenig aus dem Rahmen des Alltäglichen herausfielen. Gerade, weil sie das tat, hatten wir natürlich Pech. Alles, was wir unterwegs sahen, hörten oder kennenlernten, war von haarsträubender Mittelmäßigkeit. Wo immer wir uns aufhielten, schien, als habe der liebe Gott in einer bourgeoisen Anwandlung nur mehr Oberlehrer und Geheimratswitwen erschaffen.

Auch das kann seine Reize haben, aber Elly litt darunter – denn das alles hielt sich unweigerlich im Rahmen des Alltäglichen.

Bis dann einer aus dem Kreise ihr den Russen mitbrachte, extra für Elly, wie man Kindern eine Spielfigur mitbringt. Er hatte ihn bei einem Ausflug getroffen (es war noch vor dem Krieg, in jener sagenhaften Zeit, wo es noch Ausländer gab und diese für Attraktionen galten) und, da der Russe sich an demselben Ort aufhalten wollte, mit ins Hotel genommen. Es war eigentlich nichts Bemerkenswertes an ihm, außer seinem schlechten Deutsch, und Elly war wiederum leise enttäuscht, blühte aber doch etwas mehr auf, denn er machte ihr die Cour und fragte mehrmals, ob sie nicht Lust hätte, ihm später nach Amerika zu folgen. Er wollte demnächst hinüberfahren und sich dort eine Existenz gründen.

»Oh, das wird sehr interessant sein«, sagte er mit mindestens dreifachem R. »Interessant« mit dreifachem R war einer seiner Lieblingsausdrücke.

Wir anderen behandelten ihn mit großer Herzlichkeit. Vielleicht ergab sich hier für unseren Schützling eine erfreuliche Zukunftsperspektive.

»Wenn er nur etwas mehr aus sich herausginge«, sagte Elly manchmal, »ich weiß ja eigentlich gar nichts von seinem Leben. Ich denke, er muß Schweres durchgemacht haben, denn er spricht nicht gern darüber.«

»Versuchen wir einmal, ihn etwas aufzutauen«, meinte Herr P., derselbe, der ihn mitgebracht hatte und sehr auf Ellys Wohl bedacht war.

Ja, man mußte ihm einmal etwas auf den Zahn fühlen, wir waren ja in gewissem Sinne für das Mädchen verantwortlich.

So wurde kurz vor seiner Abreise ein kleines Souper veranstaltet und dem Gast zu Ehren vor, zwischen und nach dem Essen viele Schnäpse getrunken.

Die Stimmung gestaltete sich recht lebhaft, Eis brach und Hemmungen fielen. Einer von den Herren stimmte ein Kosakenlied an:

Wir wollen uns mit Schnaps berauschen,
Wir wollen unsre Weiber vertauschen.
Wodka! Wodka!

und daraufhin taute unser Russe nun tatsächlich auf und erklärte, er fühle sich unter Menschen und Brüdern. Er bekam Heimweh nach seiner Steppe und fing an zu erzählen. Rußland ist bekanntlich sehr groß, und er kannte es sehr genau, war fast überall gewesen und schien vor allem ein leidenschaftlicher Fußgänger zu sein. Fast jeder neue Abschnitt seiner Erzählungen begann damit: »und dann bin ich gelaufen und gelaufen, bis ich kam in Petersburg – und dann bin ich gelaufen und gelaufen und gelaufen, bis ich kam in Kiew.« Das ging so von Sibirien bis zum Kaukasus. Und dann war er gelaufen und gelaufen, bis er nach Deutschland kam, und nun wollte er nach Amerika.

Was für einen Beruf er hatte oder gehabt hatte, ging immer noch nicht daraus hervor, aber man suchte es durch allerhand Zwischenfragen darauf zu bringen. Elly hatte doch ein gewisses Interesse daran.

»Warum sind Sie denn nur immer zu Fuß gegangen?« fragte sie so nebenhin. Sie war schon wieder etwas leicht enttäuscht und fing an, ihn langweilig zu finden.

»Weil man immer war hinter mir, Fräulein«, gab er zur Antwort, legte seine Hand auf die ihre und lachte bitter.

Wir begannen zu ahnen, daß er nicht mehr ganz nüchtern war, und hatten Angst, er möchte sich schlecht benehmen. Man hatte dieses junge Mädchen doch schließlich unserer Obhut anvertraut.

»Hinter Ihnen – wer denn?«

»War immer hinter mir Polizei, Fräulein Elly – oh, das war manchmal interessant.«

Die Hand hatte er wieder weggenommen, und selbst etwas von den Schnäpsen umfangen, dachten wir: Sibirien – Polizei – Anarchist – nun ja, das kennt man, und lächelten vorurteilsfrei:

Ja, ja, die russische Polizei – trostlose Zustände –

»Sie sind wohl Anarchist gewesen?« fragte Elly mit neuer Anteilnahme.

»O nein, bei Gott, nie habe ich mich eingelassen mit solche Sachen. Sie brauchen nicht erschrecken von mir, Fräulein – Polizei kam nur, weil ich früher einmal ein Dieb war und hat man mich ins Gefängnis gesperrt. Aber dann bin ich immer gelaufen und gelaufen, bis ich kam an einen anderen Platz. Und das war sehr interessant.« –

Das fanden wir ja auch und waren alle doch etwas betroffen. Aber wir hatten diesen Mann eingeladen, und man darf doch seinen Gast nicht plötzlich fühlen lassen, daß man ihn minderwertig findet.

Elly verstummte allerdings völlig, aber Herr P. nahm statt ihrer das Wort und fragte in leichtem Konversationston: »Ach – Sie waren Dieb?«

»Ja, ich war früher einmal ein Dieb«, wiederholte er mit ungetrübter Selbstverständlichkeit. »Und ist besser das wie Anarchist. – Anarchist will alles nehmen und sagt: für Volk, aber feiner Dieb nimmt nur Überfluß. Und so war ich immer ein feiner Dieb – gefahren und gefahren in Schnellzug, elegant bekleidet –«

»Hm – Taschendieb also?« warf P. wieder ein, so schlicht und sachlich, daß wir fürchteten, unser Gast möchte uns für Kollegen halten. Aber er war bereits jenseits aller Erwägungen.

»Kein Taschendieb – o nein. Bin ich nur gefahren, elegant bekleidet, und wenn Leute gingen zum Essen, hab ich revidiert Sachen – bei Gott, sind die Leute nachlässig in russischem Schnellzug. Sehen Sie, Fräulein«, wandte er sich an Elly und die ganze Melancholie der Steppe dunkelte in seinem Blick – »wollte ich von Ihnen nur stehlen blaue Augen und sollen Sie mir freigebig geben den Rest. Bei Gott, nein, bin ich immer nur feiner Dieb gewesen. Oh, das war manchmal –«

»Sehr interessant«, ergänzten wir einstimmig.

Elly hatte bei seinem letzten Kompliment mehrmals die Farbe gewechselt und dann unauffällig den Saal verlassen.

– – – Herr P. wußte es mit feinem Takt so einzurichten, daß der Russe schon am folgenden Morgen die Weiterreise nach Amerika antrat. Alle schüttelten ihm noch einmal herzlich die Hand und wünschten ihm viel Gutes. Dann war uns vorübergehend etwas unbehaglich zumute.

Elly hat ihren kurzen Traum resolut begraben. In gewissem Sinne kam sie aber dennoch auf ihre Rechnung, denn der Russe war an jenem letzten Abend immerhin aus dem Rahmen des Alltäglichen herausgefallen.

Christus

Ein Interview

Die Amerikaner sind bekanntlich sehr neugierig.

Seit Jahren schreibe ich für ein Kunstblatt jenseits des Ozeans Ausstellungsberichte, Kunstbriefe und alles, was sonst dazu gehört, die wissensdurstige Seele des »gebildeten Laien«, der sich für Kunst interessiert, einmal im Monat zu sättigen.

Jetzt ist das nicht mehr sensationell genug. Man will mehr – anderes.

Die Redaktion verlangte zuerst »Intimes aus dem Leben der großen Künstler« – modern Intimes natürlich – und neuerdings soll ich auch noch interessante Details aus dem Leben der Modelle und ihrem Verhältnis zur Künstlerwelt bringen.

Mir ist alles recht. Ich bin ein zufriedener Mensch und möchte auch andere zufrieden stellen. Nach längerem Bemühen ist es mir geglückt, das Notizbuch eines »vielversprechenden Genies« in die Hände zu bekommen. Die darin verzeichnete Modelliste sollte mir als Richtschnur meiner demnächstigen Recherchen dienen.

Aber nun die richtige Auswahl zu treffen:

1. Walburga Stümpfl, als Giftmischerin beliebt, sehr grün im Ton.

2. Crescenz – Nachname fehlt im Notizbuch – stilvoller Rokokoakt.

3. Anna Huber, sehnsüchtiges Profil, sehr geeignet zum Stilisieren.

4. Adalbert Apfelkammer, Athlet und Ringkämpfer, kolossaler Bizeps, unglaubliche Deltamuskeln.

5. Marie Mayr, famose Zierleiste für die »Jugend«.

6. Clemens Brückner, hinterlistiger Priester etc.

Du lieber Gott, die Auswahl ist einfach überwältigend reich, da kann's nicht fehlen.

Tagelang stieg ich treppauf, treppab. Modelle interviewen ist keine Kleinigkeit, sie sind nie zu Hause. Ich begab mich also auf den Rat eines erfahrenen Freundes zu einer Vormittagsstunde an die Stufen der Akademie. Aber ich hatte wieder Pech. Die Stunde war entschieden unglücklich gewählt. Es war nur ein schwerhöriger alter Mann da und einige zerlumpte Italienerweiber. Den letzteren schien es sehr am Herzen zu liegen, von mir interviewt zu werden, aber da sich meine Kenntnisse der italienischen Sprache auf: »Si Signora« und »Non capisco« beschränken, konnten wir zu keinem befriedigenden Resultat gelangen.

Schon wollte ich verzagt und um eine Illusion ärmer dem Tempel der Kunst den Rücken wenden, als ich auf einen großen, hageren Mann aufmerksam wurde, der in einen flatternden Havelock eingehüllt mit majestätischem Schritt die Treppe herauf kam.

Ich hielt ihn erst für einen Königlichen Professor, so gebieterisch war sein Auftreten, so lang und wallend sein Haupthaar.

Als er sich aber schließlich neben den Italienerinnen auf die Balustrade niederließ, faßte ich Mut. »Sie stehen Modell?«

»Jawohl, jewiss, ich bin der Christus – braucht der Herr –«

»Wie heißen Sie?«

»Friedrich Wilhelm Köppke – wenn der Herr mit Kostüm wünscht« –

Er machte mich auf eine große Pappschachtel aufmerksam, die er unter dem Arm trug – »brauner Mantel, dunkelrotes Unterkleid« –

»Sie sind nicht von hier?«

»Ne, ich bin aus Berlin, mit Spreewasser jetauft, aber ich bin schon lange hier.«

Er zerrte wieder an der Schachtel.

»Lassen Sie nur, lassen Sie nur – wo haben Sie das Kostüm denn her?«

»Das hab' ich mir auf der Auer Dult jekauft, sechs Mark hat es jekostet, aber schön ist es auch.« –

Er riß die Schachtel auf und wollte den Havelock abwerfen.

»Warten Sie, warten Sie, es pressiert nicht. – Wie lange sind Sie schon Modell?«

»So an die sechs, sieben Jahre.« –

»Und was trieben Sie vordem?« –

»Da hab ich 'ne Jeschäft jehabt –«

»Was denn für ein Geschäft«, das Vorleben meines Christus war doch jedenfalls nicht ohne Interesse.

»Na, wissen Sie, ich bin so in die Wirtshäuser rumjegangen und hab' mit wollne Hemden hausiert, aber das bringt –«

»Und wie kam es, daß Sie Modell wurden?«

»Das Jeschäft ist nich mehr recht jejangen und dann mit die langen Haare hab' ich mir jedacht –«

»Trugen Sie denn das Haar früher schon so lang?« Mit Bewunderung betrachtete ich seine Mähne.

»Ja, wissen Sie, ich hab' das Reissen jekriegt von den vielen Zug und da hab' ich mir das Haar wachsen jelassen und dann haben mir die Freunde jesagt: laß dich doch malen, Fritze, du hast ja den schönsten Christuskopp, daß der Herrgott seine Freude dran haben könnte. So was suchen die Herrn Kunstmaler jrade.«

»Und da wurden Sie Christusmodell?«

»Ja, da hab' ich die wollnen Hemden Hemden sein jelassen und bin in die Ateliers rumjejangen und bin ein sehr beliebter Christuskopf jeworden.«

»Sind Sie denn hier das einzige Christusmodell?«

»O ne, jewiss nicht. Seit der Uhde anjefangen hat, seine biblischen Bilder zu malen, da haben se noch einen modernen Christus uffjeangelt, der hat so langes straffes Haar und so ein schlichtes Jesicht. Das ist der Aois Brüllmayr, der hat mir ne janz jefährliche Konkurrenz jemacht. Überall muß Konkurrenz sein heutzutage.«

»Das Modellstehen muß doch recht anstrengend sein, was?«

»Na, davon könnte ich Sie ein Lied singen. Anstrengend ist die Jeschichte, aber es rentiert sich. Da hab' ich zuweilen ans Kreuz müssen, mit so 'n Jerüst, wissen Sie. Mit ausjebreiteten Armen und

95

die Ojen verdrehen, jehört allens dazu von wegen den schmerzlichen Ausdruck. Aber jetzt bin ich zu alt und zu steif dazu. Es jeht nich mehr so. Da steh ich nur Kopp und es wird ein anderer jekreuzigt.«

»Haben Sie denn immer Beschäftigung? Es wird doch nicht alle Tage ein Christus gemalt.«

»Na, da kennt sich der Herr aber schlecht aus, da sind Sie jewiss kein Kunstmaler. Heutzutage muß doch jeder 'n Christus jemalt haben. Das is jetzt jrade die neuste Mode, mit das Biblische. Ne Zeit lang, so vor 'n paar Jahren, da war's schlimm, da hat niemand mehr 'nen Christus jemalt. Da haben sie alle Ölein-Air jemacht. Da war nischt zu haben für unsereinen. Lauter jrüne Wiesen und lila Bäume und die Menschen dadrin alle nackich. Das war 'ne schlimme Zeit, da hab' ich nur Kopp jestanden in die Schulen und mit 'n Christus war jarnischt.« »Na, und jetzt? Die moderne Richtung?« – »O jetzt is viel besser jeworden. Symbolistisch muß sin, sagen die Herren. Das is Mode. Und Mode is in der Kunst jrad' so gut wie sonst im Leben. Jetzt machen sie Ihnen 'nen altdeutschen Christus, wie 'n die alten Meister jemalt haben, denn das sind doch immer die jrößten jewesen, sagen sie. Da machen sie Ihnen die Haare janz lang und jrad' wie Schlangen und die Dornenkrone janz spitz und was die janz Neusten sind in der Malerei, die machen 'nen stilisierten Christus, da ziehen sie Ihnen det Jesicht in die Länge und die Dornenkrone kommt vom Kopp und auf beiden Seiten wird auch in die Länge jezogen und –«

Mich befiel eine stille Furcht, Christus möchte mich auch noch über das Wesen der Renaissance oder des Rokoko belehren, und ich unterbrach ihn:

»Sind Sie denn schon oft zu großen Bildern gestanden?«

»Na und ob – det will ich meinen. Ich häng' Ihnen schon in alle möglichen Jalerien und Pinakotheken. Einmal am Kreuz mit die beiden Schächer. Das is sehr schön jewesen. Was die beiden Schächer waren, das sind ein paar Athleten jewesen. Die haben Sie jehangen, det es eine Freude war. Und dann mit der Magdalene. ›Christus und die jroße Sünderin‹ hat's geheißen.«

»Wer war denn die Magdalena?«

»Das is die Josephine Zimmerer jewesen, oder wie sie heißt. Das is ein Mädel jewesen. Immer hat sie ihre Jeschichten mit den Malern jehabt. So janz rotes Haar hat sie. Ich kann 's nich so schön finden, aber den Herren hat 's jefallen und über Jeschmack läßt sich nicht streiten. ›Der reine Tizian‹ haben sie immer jesagt.« Allen Respekt. Christus imponierte mir immer mehr.

»Sie verstehen wohl bald ebensoviel von der Kunst wie die Maler selbst, Christus?« »Ja, wenn ich die Kunst nich hätt'. Ich schwärme für alles, was Kunst ist. Das is meine jrößte Freude. Und Jeld bringt's auch ein.«

»Was verdienen Sie denn so im Durchschnitt am Tage?«

»Na, sehen Sie, das schwankt so hin und her. Was die jroßen Meister sind, die berühmten, die zahlen mehr. Und dann kommt's auf die Stellung an, fürs Kreuzigen hat's eine Mark jejeben die Stunde. Jott Strambach, das sind schöne Zeiten jewesen! Aber für jewöhnlich jiebt's nur 50 Pfennige für die Stunde, wenn man bloß Kopp steht.« Du mein Gott, dacht' ich, während Christus sich noch des Näheren über seine Lohnverhältnisse verbreitete, viel, viel »Interessantes« ist aus dem Manne nicht herauszukriegen. Was soll ich nur in meinen Artikel hineinschreiben? Und dazu macht mich sein Dialekt nervös – ich hatt' auf irgendeinen biederen Bajuwaren gehofft, dafür interessiert man sich doch heutzutage viel mehr. Es klingt viel origineller. – Ich mußte entschieden noch etwas »Intimes« herausbringen.

»Christus«, sagte ich deshalb eindringlich, »Sie wissen wohl recht viel von dem Leben der Künstler, so von dem Privatleben. – Als Modell müssen Sie doch recht oft Gelegenheit haben, hinter die Kulisse zu schauen.«

»Na«, sagt Christus mit großem Nachdruck, »wir Modelle, wir sehen alles, wir hören alles, wir sind bei allem dabei, aber wissen tun wir jarnischt, wir sind diskret. Ich könnt' Ihnen da Jeschichten erzählen – aber wir Modelle müssen diskret sein, sonst is jarnischt mehr, sonst werden wir abjeschafft.«

»Na ja, aber wissen Sie, Christus, ich bin fremd hier. Ich gehe in ein paar Tagen wieder fort. Mir können Sie schon etwas erzählen.

Ich bin Journalist, da muß man auch oft diskret sein. – – Es muß doch oft recht fidel hergehen unter den Künstlern, was?«

»Na ja, fidel, det will ich Sie jlauben. Da liebt man sich und wird jeliebt, det is die reine Wonne und Herrlichkeit.«

Mein Christus machte ein ganz pfiffiges Gesicht und zwinkert mit den Augen. Mich ärgerte nur, daß er so zugeknöpft war. Ich hätte so gerne etwas Pikantes erfahren.

Noch einen Versuch wollt' ich machen. So ein Liebesroman zwischen einem weltbekannten Genie und der rothaarigen Tizian-Magdalena – famoser Mittelpunkt für meinen Artikel: ›Modelle und Künstler, Interieurs aus der Münchner Moderne.‹ Das Herz wurde mir ganz groß.

»Na sagen Sie mal, Christus – Sie haben mir vorhin von der Magdalena erzählt, die den Malern so gefällt, die wird wohl viel geliebt haben, was?«

Ich schlug meinen jovialsten Ton an, aber Christus blieb ungerührt. –

»Det hab' ich Sie doch schon jesagt. Jetzt hab' ich sie schon lange nicht mehr jesehen, aber früher, als ich mal mit ihr jestanden bin. Da hab' ich alle ihre Jeheimnisse jewußt.« – Er zwinkerte wieder verständnisvoll – und fuhr fort:

»Ich hab' ihr damals noch sozusagen zum moralischen Halt jedient. Manchesmal hab' ich ihr ins Jewissen jeredt'. Magdalena, hab' ich ihr jesagt, Jugend hat keine Tugend, des weess ich auch. Ich bin auch mal jung jewesen und habe keine Tugend jehabt, aber jetzt bin ich Familienvater und kenne die Welt. Mach's nicht zu schlimm, Magdalena, sonst kommste noch unter den Leierkasten. Aber sie hat es immer sehr leicht jenommen. ›Schaugt's den Christus an‹, hat sie jesagt und dann haben sie alle jelacht. Na, ich sage Ihnen.« –

»Mit wem hat sie denn?«

»Na, mit allen hat sie Jeschichten jemacht. Sie hat eben für 'ne Schönheit jejolten, aber was die Herren waren, ›Christus‹, haben sie jesagt, ›wir wissen, daß Sie diskret sind‹. – Na, diskret muß man sein.« –

Er lächelte bedeutungsvoll und zog seine Visitenkarte hervor, die er mir feierlich überreichte: »Friedrich Wilhelm Köppke, Katzmaierstraße 16, IV«, darunter stand geschrieben: »Im Besitz eines neuen Christus- Kostüms, dunkelrotes Unterkleid, brauner Mantel, Sandalen etc. empfehle mich den Herren Kunstmalern als Christusmodell.« »Eine schöne Handschrift haben Sie, Christus«, sagte ich bewundernd.

»Das hat meine Jette geschrieben, was meine Älteste is«, sagte er, »die steht auch schon Modell, aber ich laß sie nur Kopp stehen, ›wenn man Familienvater ist‹ –.«

Ich sah auf meine Uhr und verabschiedete mich von Christus, indem ich ihm einen Zwanziger in die Hand drückte. Er steckte denselben voll Würde dankend ein und hüllte sich fester in seinen Havelock, denn es war kalt.

Ich entfernte mich langsam und einigermaßen deprimiert. Mein Artikel war an der starren Moral und unbeugsamen Diskretion des Christus gescheitert.

Das gräfliche Milchgeschäft

Raoul Lichtwitz kehrte von zweijährigem Aufenthalt aus Paris zurück.

Als der Zug langsam in die Halle des Münchener Centralbahnhofs einfuhr, lehnte er sich weit heraus, um dem zu seinem Empfang herbeigekommenen Freunde zuzuwinken. Dann stieg er aus, und die beiden schüttelten sich kräftig die Hand.

»Schön, daß du wieder da bist!«

»Und du bist immer noch der alte? Den Lodenmantel da kenne ich noch. Hast dich wenig verändert.«

»Ja, ja«, sagte Fritz Beier, »und du bist ja der reine jeune homme chic geworden – komm, laß uns gehen.«

Langsam bummelten sie durch die Stadt hin und hatten sich viel zu erzählen.

»Aber kehren wir ein Fritz, ich bin müde.«

»Mir ist's recht, was meinst du zum Café Max – aus alter Erinnerung?« –

»Du, existiert denn der alte Stammtisch noch von damals?«

»Gott bewahre, das ist alles längst auseinander, ich war seit Ewigkeiten nicht drin. Habe keinen Schimmer, wer da jetzt verkehrt.«

»Na, dann laß uns nur mal wieder hineingehen und den Rummel anschauen.«

Erinnerungen wurden in dem Zurückgekehrten lebendig an die alte Bohème-Zeit.

Sie traten ein. Es war spät. Nur drei Gäste im Lokal. Der eine spielte mit dem Wirt Billard, der zweite saß mit der Kellnerin in einer verschwiegenen Ecke und der dritte gähnte gelangweilt hinter seiner Zeitung.

Sie setzten sich an den alten Stammtisch zu einem Absinth. Beiden wurde ganz wehmütig. Ja – damals!

Und dann fingen sie an von den alten Zeiten zu sprechen. Raoul hatte viel zu fragen nach den einstigen Bekannten. »Ja, weißt du, es ist immer dasselbe Ende vom Lied: die Zigeunerei hört von selbst auf. Jeder kriegt's einmal satt und fängt an, zu streben und ein nützliches Mitglied der Gesellschaft zu werden.«

Der »jeune homme chic« starrte in seinen Absinth, und verblaßte Bilder stiegen vor ihm auf.

»Was ist denn aus dem ›polnischen Hamlet‹ geworden? Denkst du noch, wie er dasaß und dozierte: Könnt ihr alle nicht verstehen, ›Hamlet?‹ «

»Gott im Himmel, ja, und wie er uns wegen uns'rer Oberflächlichkeit heruntermachte. – Ich glaube, er hat jetzt die Fabrik seines Onkels übernommen und versorgt die Welt mit Seife, die er selbst nie brauchte.«

»Und seine Ophelia, die große Blonde?«

»Na, die ist ihm längst durch. Sie ist jetzt irgendwo in der Schweiz und macht in Nihilismus. Na ja, diese norddeutschen Mädel, wenn die nach München kommen« -

»Damals war sie immer so unheimlich korrekt. Weißt du noch, wie wir sie damit aufzogen, daß sie in unsrer dekadenten Mitte immer noch den ›moralischen Maßkrug‹ hochhielt?«

»Ja, das hatte die Gräfin aufgebracht.«

»Gott ja, die Gräfin, was ist aus der geworden? Wo ist sie hingekommen? Ich seh' sie noch vor mir, wie sie abends hereinkam, wenn wir alle schon da saßen. Heile Stiefel hatte sie nie an, aber dafür eine Reitgerte mit silbernem Griff, von der sie sich nie trennte. Die stammte noch aus ihrer Glanzzeit auf den väterlichen Gütern. Sie kam immer allein und meist sehr spät und dann knallte sie mit ihrer Peitsche auf den Tisch. ›Donnerwetter, Kinder, jetzt muß ich zuallererst einen Nervenreiz haben!‹ – Du, Fritz, was weißt du von ihr? Erzähl' doch, es interessiert mich.«

»Ja, ich weiß schon, du hast immer ein Faible für exzentrische Weiber gehabt, das kennt man. – Sie soll jetzt Schauerromane für die ›Illustrierte Gerichtzeitung‹ schreiben. Damals, als sie mit ihrem Milchgeschäft pleite gegangen war.«

»Milchgeschäft?!«

»Na ja, mit dem Milchgeschäft. Die Geschichte spielte doch noch zu deiner Zeit?«

»Keine Spur, was war denn damit?«

»Na, stell' dir vor, das verrückte Frauenzimmer verfiel eines Tages auf die Idee, ein Milchgeschäft zu betreiben. Sie hatte es ja immer mit Erwerbszweigen zu tun.«

»Ja, ich weiß, damals wollte sie sich durchaus bei einer Akrobatengesellschaft von der Oktoberwiese engagieren lassen«, sagte der »jeune homme chic«. »Sie war ganz wild darauf, drei Abende lang hat sie mit allem jongliert, was ihr in die Hand kam, und verfluchte ihre Erzieher, die ihre Gelenke hatten einrosten lassen, wie sie sagte.«

»Gut«, fuhr der andere fort. »Das ging vorbei, aber die Idee mit dem Milchgeschäft saß fest. Wochenlang redete sie von nichts anderem. Dann schwieg sie wieder und kam überhaupt des Abends nicht her. Wie wir nachher erfuhren, war sie als Statistin am Hoftheater und verdiente allabendlich 58 Pfennige und morgens für die Proben 35. Davon lebte sie und legte ihr anderes Geld zurück. Dann kam sie nach einigen Monaten endlich einmal wieder, abgerissener als je, aber sonst gar nicht wiederzuerkennen. Sie hat nicht gesungen, nicht gepfiffen, keinen unnötigen Lärm gemacht, sondern sich ganz stillbefriedigt herangesetzt und ihren Absinth getrunken. Und dann auf einmal emporgefahren und mit dem unvermeidlichen Fuchtelknochen auf den Tisch geschlagen: ›Kinder, ich hab's.‹

›Was hast du, was ist los‹, brüllten wir ganz gespannt, denn, wenn es auch immer Blödsinn war, was sie ›hatte‹, so war es doch wenigstens meist etwas Neues und es lag eine Art Methode darin. Diesmal waren wir gründlich überrascht. Sie hatte die Geschichte mit ihrem Milchgeschäft wirklich zustande gebracht.«

»Na, und wo hatte sie das Geld her?« fragte Raoul Lichtwitz gespannt, »die Ersparnisse werden doch schwerlich gereicht haben.«

»Gott bewahre, sie hat da die unglaublichsten Geschichten geleistet. Finanzoperationen waren ja immer ihre starke Seite, wie du dich erinnern wirst. Da ist sie bei allen ihren Bekannten herumgegangen, die noch so glücklich waren, silberne Löffel oder goldene Uhren zu besitzen und hat sich was zum Versetzen ausgeliehen –«

»Na hör mal« –

»Nun, du weißt doch selbst, wie das in uns'rer damaligen Gesellschaft war. Was man grad' nicht selbst versetzt hat, ist doch egal, ob's jemand anders versetzt. Man hilft sich eben aus. Und sie hat so überzeugend zu reden gewußt von momentaner Verlegenheit und den Leuten plausibel gemacht, daß ein Reklamelöffel mit der Inschrift: ›Trinkt Kath'reiners Malzkaffee‹ genau dieselben Dienste leistet wie ein silberner. Genug, sie bekam alles mögliche zusammen. Aber es reichte immer noch nicht. Dann ist sie auf die Anatomie gegangen zu dem alten Professor Rüdinger. Sie hatte mal irgendwo gehört, daß man seinen Leichnam schon bei Lebzeiten zur Sektion verkaufen könne. Das hat sie uns später alles selbst erzählt: wie der weißhaarige Alte, eben aus der Vorlesung gekommen, in Seziermantel und schwarzer Samtmütze, umringt von anatomischen Präparaten, vor einem ›auserlesenen Frühstück‹ saß, während sie ihm ihr Anliegen vortrug. Wie er dann ganz desperat gesagt hat, jetzt im Karneval käme halb München und wolle sich sezieren lassen, um das Geld zu verjubeln, und schließlich hat er ihr väterlich liebevoll die Backen getätschelt und gesagt: ›Nein, nein, mein Kind, daraus wird nichts. Jetzt sind Sie mir viel zu nett zum Sezieren und später bekommen wir Sie ja doch erst als altes Mütterchen.‹«

»Die hat doch Schneid gehabt«, meinte Raoul voll Ekstase.

»Danke, für Schneid«, sagte Fritz Beier.

»Es war denn doch etwas reichlich. Sie hat ihm auch noch die Leichen von drei oder vier ihrer guten Bekannten angeboten. Am Ende hätte sie noch den ganzen Stammtisch zum Anatomie-Futter verkauft –«

»Weiter, weiter, jetzt wird's spannend.«

»Also, mit den Leichen war es nichts, aber sie hat das Geld doch schließlich zusammengebracht. Unter anderm hat sie eine ganze Anzahl Prachtwerke, Stuck-Album und alles mögliche auf Ratenzahlung genommen, und ehe die erste Rate gezahlt war, unter der Hand zu etwas herabgesetzten Preisen wiederverkauft. Und was weiß ich noch. Vor allem hatte sie aufgehört, Schulden zu bezahlen, was sonst ihre Hauptbeschäftigung war.

Der besagte Abend verlief übrigens sehr lustig. Die Komtesse fühlte sich Kapitalistin und ließ Sekt anfahren. Sie behauptete, sie brauche zwar heute keinen Nervenreiz, müsse aber doch einen haben. Was die andern Gäste an dem Abend gedacht haben, weiß ich nicht. Das Café Max erbebte nur so von Hochs auf das ›Gräfliche Milchgeschäft‹.

Ich acht Tagen sollte die Geschichte eröffnet werden. Bis dahin hatte sie noch viel zu tun, aber sie kam wieder allabendlich und erzählte uns von den Schritten, die noch zu tun waren. Vormittags konferierte sie zwei Stunden lang im Café Elite mit dem Verwalter des Hausbesitzers, dem die Bude gehörte. Nachmittags fuhr sie in die Schillerstraße, um sich mit Herrn Humplmayr, dem damaligen Besitzer des Geschäftes, zu besprechen. Dann machte sie einen Landmann ausfindig, der die Milch um dreizehn Pfennig pro Liter abließ. Auf diesen Erfolg war sie besonders stolz, sonst mußte man immer fünfzehn Pfennig zahlen. Die Zeit, die ihr übrig blieb, verwandte sie dazu, um sich die nötigen ›Kenntnisse in der Branche‹ zu erwerben.

Wir bekamen sogar Aufträge, ich hatte ein Schild mit einer Alpenlandschaft und Kühen zu malen, darunter die Inschrift: Milch- und Butterniederlage, ausgeübt von Gräfin von so und so. Erst sollte es Humplmayrs Nachfolger heißen, aber nach eingehender Beratung kamen wir überein, die ›Gräfin‹ würde besser ziehen. Der Maxi, der Bildhauer, du kennst ihn auch noch, mußte eine Kuh für die Fensterausschmückung modellieren, die mit dem Kopf wackeln konnte. Stilvolle Annoncen wurden komponiert, kurz, wir bekamen alle Hände voll zu tun und waren alle ganz Milchgeschäft.

Schließlich war der große Tag gekommen. Humplmayr hatte das Feld geräumt. Die Gräfin war mit ihrem ganzen Besitz, der aus Bett, Koffer, Staffelei und drei schwarzen Dackeln bestand, in die Schillerstraße übergesiedelt. Sie wollte selbst im Geschäft wohnen. Es mußte doch immer jemand da sein, und die zwei Zimmer nebst Küche mußten sowieso mitgemietet werden. Unsere Bande besorgte, wie das Usus war, bei Nacht und Nebel den Umzug. Das Schild wurde befestigt, es war ein Meisterwerk, das Beste, was ich jemals gemacht habe. Dann das Schaufenster dekoriert. Die Kuh, die der Maxi überraschend naturgetreu getroffen hatte, prangte höchst effektvoll zwischen Pyramiden von Käse und Semmeln.

Dann wurde Bier geholt und bei geschlossenen Läden das frohe Ereignis oder vielmehr die Aussicht auf die frohen Ereignisse der Zukunft entsprechend gefeiert. Gegen ein Uhr wollte die Gräfin uns entlassen, sie war in Angst, daß sie sonst die Zeit verschlafen würde, sie müsse um vier Uhr in der Frühe am Platz sein. Sonst pflegte sie erst um elf Uhr aufzustehen. Wir machten sie darauf aufmerksam, daß es sich überhaupt nicht mehr verlohne, zu schlafen, und so zogen wir schließlich noch alle ins Luitpold. Sie war gar nicht wiederzuerkennen an dem Abend. Eine Art Feierlichkeit lag über ihrem Wesen. ›Ja, Kinder, jetzt fängt der Ernst des Lebens an‹, sagte sie mehrmals ganz ernst und weihevoll. Schließlich steckte sie uns alle an, und in banger, erwartungsvoller, beinahe andächtiger Stimmung brachen wir gegen drei Uhr auf und geleiteten sie unter Absingung von Chorälen – etwas bezecht waren wir alle – an die Stätte ihres demnächstigen Wirkens. Sie hatte keine Ruhe mehr gehabt zu bleiben, aus Furcht, es könne eingebrochen und das Inventar gestohlen werden.

Endlich standen wir vor der Ladentür. ›Verlaßt mich nicht in dieser Stunde‹, sagte sie ganz ergriffen, ›kommt mit herein. Ich mach euch einen Kaffee.‹

Wir saßen im Zimmer hinter dem Laden und erwarteten die schicksalsschwangere Morgenstunde. Die Dackel schliefen vor dem Ofen. Unsere Gastgeberin hatte sich in ihre zukünftige ›Millifrau-Uniform‹ geworfen, ein schlichtes schwarzes Kleid mit blendend weißer Schürze. Du kannst dir gar nicht vorstellen, wie komisch sich das ausnahm bei ihren kurzen Haaren. Sie schien das selbst zu fühlen, stand lange nachdenklich vor dem Spiegel und meinte, wenn dies Geschäft sich rentiere, werde sie sich eine Perücke mit geradem Scheitel und einladenden Zöpfen kaufen, das Ganze müsse einen solid bürgerlichen Eindruck machen. Endlich schlug es vier, dann halbfünf. Etwas später rollte ein Wagen vor und ein scharfes Klingeln ertönte. Die Dackel fuhren mit einem wahren Mordsgebell in die Höh'. Die Komtesse wurde leichenblaß: ›Um Gottes willen, haltet die Köter fest und macht keinen Lärm.‹ Sie warf mir die Reitpeitsche in den Schoß, war hinaus und schlug die Tür zu. Draußen hörten wir sie mit dem Kutscher verhandeln, dann eifriges Auf- und Abgehen im Laden, schweres Dröhnen von Gefäßen, Platschen, Klirren von Geldstücken, und der Wagen rollte wieder fort. Sie kam wieder herein, ganz echauffiert: ›Die Milch ist da, nun müssen wir sie taufen. Wo mag nur die Wasserleitung sein?‹ Wir suchten und schließlich entdeckte der Maxi sie auf dem Flur in einer dunklen Ecke. Dann saßen wir wieder atemlos in unsrer Hinterstube. Es kamen wirklich Kunden. Die Gräfin platschte, goß und klapperte mit ihren Milchgefäßen, als ob sie ihr Leben lang nichts anderes getan hätte. Ich muß wirklich sagen, an dem Morgen hat sie uns kolossal imponiert. Wir waren ganz baff vor Bewunderung über ihr routiniertes Auftreten. Wir hatten leise die Tür halb aufgemacht und sahen zu, wie sie mit den Leuten verhandelte. Die Arme hatte sie in die Seite gestemmt und sah ganz zunftmäßig aus. Die Kunden betrachteten sie etwas erstaunt und warfen dann und wann einen noch erstaunteren Blick nach unsrer Tür. Als der Laden einen Augenblick leer war, drehte sie sich um und wurde wütend, als sie uns sah. ›Um Gottes willen, ihr verjagt mir ja die Leute. So eine bezechte Bande im Hintergrund, das sieht unsolid aus. Geht lieber nach Haus, ich komme dann abends ins Max.‹

Eben kam wieder eine dicke Frau mit blauer Kanne. Die Tür flog zu. Die Dackel machten einen Mordsspektakel, wir fielen über die Cognacflasche her, und der Hamlet intonierte mit Donnerstimme: ›Hoch soll sie leben!‹ Dann machte sie aber Ernst und warf uns hinaus. Wir mußten einzeln fortgehen, um kein Aufsehen zu erregen.

An dem Abend kam sie um halb elf ins Max. ›Das Geschäft geht brillant, aber müde bin ich zum Umfallen.‹ Sie strahlte, trank drei Tassen schwarzen Kaffee und stürzte wieder fort, um auszuruhen.

Acht Tage lang sahen wir nichts von ihr. Sie hatte sich unsere Besuche verbeten, ›um die dehors zu wahren‹. Dann kam eines Abends ein Dienstmann mit einem Brief: ›Kinder, bitte kommt auf einen Milchpunsch zu mir. Kommt möglichst vollzählig.‹

Wir erschienen in corpore und mußten circa zwanzig Liter nachgebliebene Milch in allen möglichen Gestalten vertilgen helfen. Die Komtesse machte einen ziemlich deprimierten Eindruck.

Sie zog mich beiseite und bat mich, die Inschrift auf dem Firmenschild in »Humplmayrs Nachfolger« umzuändern. Sie glaube, die ›Gräfin‹ mache die Leute stutzig. Übrigens wollte sie jetzt noch einen Zeitungsverkauf und Schnapsausschank mit dem Milchgeschäft verbinden. Willy Stenzel, der Lithograph, der damals gerade keine Arbeit hatte, trat mit in das Geschäft ein. Er bekam dafür den Titel Kompagnon und seine Tätigkeit bestand im Vertilgen der nachgebliebenen Milch. Der Schnapsausschank wurde unter Diskretion im Hinterzimmer betrieben, weil die Konzession zu viel kostete, und florierte ziemlich. Willy entwickelte ungeahntes Talent zum Kellner und die blonde Luise Johannsen, die Ophelia aus Mecklenburg, mußte als Anziehungspunkt hinter dem Büfett sitzen und Buch führen. Wir andern erschienen gewissenhaft jeden Vormittag zum Milchfrühschoppen. Das ging noch so vier Wochen, dann kam Neujahr. Die Gräfin kam am Sylvesterabend bleich und verstört ins Café. Ihr Vorgänger im Geschäft hatte ihr einen fürchterlichen Streich gespielt. Er hatte an der nächsten Straßenecke wieder einen Milchladen aufgetan und die Kunden von ihr abgezogen. Sie hatte vergessen, wie es üblich ist, die diesbezügliche Bedingung im Kaufkontrakt festzumachen. Den Milchbezug hatte sie jetzt schon von zweihundert auf hundert Liter herabsetzen müssen, es gingen höchstens fünfzig pro Tag ab, und unsere vereinten Kräfte hätten nicht vermocht, des Restes Herr zu werden. Willy Stenzel war von dem unausgesetzten Milchkonsum schon so dick geworden, daß sein Arzt ihm eine Entfettungskur anempfohlen hatte. Das ›Zweistundenweib‹ zum Austragen war längst abgeschafft, und die Komtesse lief morgens selbst treppauf, treppab mit Milchkannen, Semmeln und Zeitungen. ›Wenn ich nur einen Blick in meine Familiengruft tun könnte‹, sagte sie einmal ganz verzweifelt, ›um zu sehen, ob meine Ahnen noch auf der richtigen Seite liegen.‹

Die Schnapsproletarier waren noch ihre einzige Rettung. Sie wußte ihre Herzen zu gewinnen, indem sie sich zu ihnen setzte und mit ihnen Schnaps trank und jede Woche einmal ihren Namenstag kundgab, an dem sie die ganze Bande traktierte. Sie schickten ihr dafür ihre Frauen und Kinder zum Milchholen.

Wenn nur die Jahreswende erst überstanden war. Die Gräfin hatte alle ihre Gläubiger, und die sollen nach Legionen gezählt haben, auf das brillant gehende Geschäft vertröstet. Wir alle zitterten mit ihr.

Die ersten Januartage verliefen noch ruhig. Aber das konnte die allgemein gedrückte Stimmung nicht heben. Am 5. oder 6. Januar begann es Rechnungen zu regnen. Eines Tages vermißten wir die Dackel. ›Ich hab' sie dem Schreiner gegeben, der mir den Ladentisch und die Regale gemacht hat‹, sagte sie fast mit Tränen in den Augen. ›Und dem Spängler hab' ich sie auch versprochen, damit er einstweilen Ruh' gibt.‹

Und dann war der Schnapslieferant da, dem bin ich an die 100 Mark schuldig. Der Kerl wollte mich denunzieren, weil ich ohne Konzession ausschenke, aber Willy und ich haben mit ihm gekneipt, bis er gerührt und versöhnlich abgezogen ist.

Wir versuchten sie zu trösten, aber es kam nicht recht von Herzen. Wir sahen ›la débâcle‹ herankommen und wußten nicht, wie man sie davor retten sollte.

Bald darauf kamen sie und Willy eines Abends ganz verstört zu uns. Die Komtesse war sichtlich nervös, sie warf die Reitpeitsche in die Ecke, pfiff den Dackeln, stieß dann einen tiefen Seufzer aus, als ihr einfiel, daß sie nicht mehr da waren. Dann setzte sie sich an den Tisch und sagte resigniert: ›Jetzt haben wir den Dalles, wir sind ruiniert!‹ Der Kompagnon sah rotbackig und geknickt zu ihr herüber und erzählte dann, daß der Buchhändler die Komtesse auf Betrug verklagt habe; sie hatte schon längst keine Raten mehr für die Prachtwerke gezahlt, und als er dann die Werke selbst zurück verlangte, mußte sie zugeben, sie verkauft zu haben. Nun würde sie brummen müssen, und wer sollte dann das Geschäft führen? Willy kannte sich in der ›Branche‹ nicht genügend aus, und die Ophelia war zu faul. Heute schlief sie seit 24 Stunden, weil sie gestern in der Schnapskantine hat ausschenken müssen. Morgen sollte ihr gekündigt werden. Die ganze Tafelrunde war mit niedergeschmettert.

Fritz Beier machte eine lange Pause und bestellte 2 Melanges.

»Nun und?« fragte Lichtwitz, während er in seinem Glase rührte.

»Ja, damit war die Geschichte eigentlich zu Ende. Der Krach war nicht mehr aufzuhalten. Es gingen noch ein paar Wochen hin, während denen sie unaufhörlich vor Gericht zitiert wurde. Der Schnapslieferant hatte sie sofort denunziert, nachdem er seinen Rausch ausgeschlafen, und die Schnapskantine wurde polizeilich aufgehoben. Ein paarmal hatten wir uns allesamt wegen nächtlicher Ruhestörung zu verantworten, denn weil keine Kunden mehr kamen, saßen wir schließlich Tag und Nacht im Laden und tranken Milchpunsch, um sie wenigstens noch etwas aufzuheitern. Willy war ganz verzweifelt, die Komtesse aufzuheitern. Die Komtesse tröstete sich noch damit, daß man vielleicht noch mit Vorteil betrügerischen Bankrott machen könne. Der Maxi hatte ein Pleitelied komponiert, das den ganzen Tag gesungen wurde. Ich sage dir, die Nachbarn standen oft scharenweise vor der Tür und vor den Fenstern und hörten dem Radau zu.

Schließlich wurde eines Tages das Inventar gepfändet und die Bude bis auf weiteres geschlossen.«

»Und sie, die Gräfin, was tat sie nachher?«

»Was sollte sie tun? An dem Abend, wie das geschehen war, waren wir natürlich wieder hier, und sie kam auch, schlug einmal wieder mit der Reitgerte auf den Tisch, was sie schon lange nicht mehr getan hatte, und verlangte einen Nervenreiz nach dem andern. Sie schien ganz aufgekratzt, aber wir wußten schon, daß sie nur so tat, die Geschichte war ihr doch sehr nahe gegangen. Als wir aufbrechen wollten, sagte sie: ›Na, Kinder, mich werdet ihr nicht so bald wieder sehen. Ich gehe ins Ausland. Sonst kann ich den ganzen Rest meiner kostbaren Jugendzeit hinter Schloß und Riegel sitzen. Ich habe einen ganzen Stoß von Vorladungen und Anklagen, die lasse ich euch zum Andenken da. Und meine Ahnen würden sich gar zu viel im Grabe umdrehen müssen, dazu habe ich doch noch zu viel Pietät. Ich gehe lieber fort.‹«

»Ist sie denn wirklich ins Ausland?«

»Wenigstens war sie fort. Sie soll damals irgendwo hier in der Nähe aufs Land gegangen sein, und die Münchener Polizei hat sie nicht ausfindig gemacht. Sie schrieb nie, und ließ nichts von sich hören, um jede Spur zu verwischen. Man hört nur hier und da noch irgendwelche Gerüchte über sie.«

»Schade«, sagte der ›jeune homme chic‹, »ich hätte sie doch gerne einmal wiedergesehen.«

»Wer weiß«, antwortete Fritz Beier tiefsinnig, »solche Existenzen tauchen immer mal wieder auf. – Zahlen« –.

 tredition®

Über tredition

Eigenes Buch veröffentlichen

tredition wurde 2006 in Hamburg gegründet und hat seither mehrere tausend Buchtitel veröffentlicht. Autoren veröffentlichen in wenigen leichten Schritten gedruckte Bücher, e-Books und audio-Books. tredition hat das Ziel, die beste und fairste Veröffentlichungsmöglichkeit für Autoren zu bieten.

tredition wurde mit der Erkenntnis gegründet, dass nur etwa jedes 200. bei Verlagen eingereichte Manuskript veröffentlicht wird. Dabei hat jedes Buch seinen Markt, also seine Leser. tredition sorgt dafür, dass für jedes Buch die Leserschaft auch erreicht wird.

Im einzigartigen Literatur-Netzwerk von tredition bieten zahlreiche Literatur-Partner (das sind Lektoren, Übersetzer, Hörbuchsprecher und Illustratoren) ihre Dienstleistung an, um Manuskripte zu verbessern oder die Vielfalt zu erhöhen. Autoren vereinbaren direkt mit den Literatur-Partnern die Konditionen ihrer Zusammenarbeit und partizipieren gemeinsam am Erfolg des Buches.

Das gesamte Verlagsprogramm von tredition ist bei allen stationären Buchhandlungen und Online-Buchhändlern wie z. B. Amazon erhältlich. e-Books stehen bei den führenden Online-Portalen (z. B. iBookstore von Apple oder Kindle von Amazon) zum Verkauf.

Einfach leicht ein Buch veröffentlichen: **www.tredition.de**

Eigene Buchreihe oder eigenen Verlag gründen

Seit 2009 bietet tredition sein Verlagskonzept auch als sogenanntes "White-Label" an. Das bedeutet, dass andere Unternehmen, Institutionen und Personen risikofrei und unkompliziert selbst zum Herausgeber von Büchern und Buchreihen unter eigener Marke werden können. tredition übernimmt dabei das komplette Herstellungs- und Distributionsrisiko.

Zahlreiche Zeitschriften-, Zeitungs- und Buchverlage, Universitäten, Forschungseinrichtungen u.v.m. nutzen diese Dienstleistung von tredition, um unter eigener Marke ohne Risiko Bücher zu verlegen.

Alle Informationen im Internet: **www.tredition.de/fuer-verlage**

tredition wurde mit mehreren Innovationspreisen ausgezeichnet, u. a. mit dem Webfuture Award und dem Innovationspreis der Buch Digitale.

tredition ist Mitglied im Börsenverein des Deutschen Buchhandels.

Dieses Werk elektronisch lesen

Dieses Werk ist Teil der Gutenberg-DE Edition DVD. Diese enthält das komplette Archiv des Projekt Gutenberg-DE. Die DVD ist im Internet erhältlich auf **http://gutenbergshop.abc.de**